一群人的老後2

# 老後的心聲

## 其實長輩們是這麼想

黃育清——著

推薦序

# 坐下來，開始聊天！

◎林金立（自立支援照顧推動者、台灣居家服務策略聯盟理事長、長泰老學堂健康照顧體系執行長）

五年前，因為一句話，讓我開始省思長久以來的觀念與做法是否正確？那是一場會議，正在檢討為何能力回復設備，在日本是那麼受機構老人的喜歡，而台灣機構的長者卻是勉強做個兩三下就不做了，我問機構主管是什麼原因？他們理所當然地說：「台灣的老人比較懶惰啊！」我不相信一輩子勤勞的人，老了會變成懶惰，這裡面一定有原因，我們一定有地方沒做到。

## 您知道長輩喜歡吃什麼？

因為這樣，我開始深入理解日本自立支援照顧的核心價值，也徹底改變過去的觀念，在過去，我們常常認為給長輩的服務是經過專家規劃的、是最好的，所以他們應該會接受、也要接受，殊不知在這過程中，常忽略了長輩的意願，當一個人的意願被忽略，所有生活習慣都被改變時，要怎麼期待他主動積極呢？所以我開始問工作人員，長輩要什麼？喜歡吃什麼？不喜歡什麼？發生困擾行為時，是什麼原因讓他有這樣的表現？也赫然發現，這些應該是照顧一個人應該要有的基本認識，卻經常被忽略掉了，有一次一個資深照顧人員問我：「我們都知道喝水很重要，但長輩就是不喝水，能怎麼辦？」我反問：「這位長輩喜歡喝什麼？」這個資深人員回答：「我怎麼會知道，要怎麼知道他喜歡喝什麼？」

對，要怎麼知道長輩要什麼嗎？到二〇一七年底，臺灣老年人口已經突破三百二十六萬人，各種活動與服務紛紛推出，可是專家們卻鮮少真的坐下來，問問長輩們想要的是什麼，需求調查與研究一大堆，但是服務還是讓人覺得心空空，在一次的研討會裡，我問了來自日本的高齡專家這個問題，他的回答很果決：「不要做需求調查，要坐下來跟長者聊天，聊半小時，你就知道他的一生了。」

## 不要調查，要坐下聊天

是的，不是傾聽，不是調查，是坐下來開始聊天，一起生活，自然的了解需求與問題，一起在生活中找到解決策略，這就是「同體共存」的意涵，是照顧很重要的原則與價值，在《老後的心聲　其實長輩們是這麼想》這本書，作者提到奶奶第一次知道「愛蘿蔔」掃地機器人後的反應，讓大家全都笑翻，「老人的世界裡有年輕人的知識、有年輕人的笑聲，好可愛，他們讓我們能夠偶爾年輕不少。」這是一種共同生活的平等感，而不是專家照顧弱勢者的無能感。

長者們期待互動的感覺，而不是被「詰問」，作者提到有些長者，遇到研究訪談問：「爺爺，今天是雨天還是晴天？」「今天是幾月幾日？」長者會覺得被當成失智症而感到羞辱，也有研究者只考慮自己的立場，問了一些太過隱私的事情，讓老人感到受辱而拒絕合作，或是設計超過受訪者程度的題目，造成長者受訪後覺得挫折，「有些訪問者比較貼心，會和老人聊一些生活情形，談談家常，幫他們量個血壓，關心他們的病痛，再慢慢進入訪題，比較能得到老人密切的合作。」看到這裡，我決定以後有相關研究要進行時，一定先翻開這段文章給研究者看，沒有辦法注意到長者感受的研究，沒辦法了解真正的需求，而真正的專家，是能夠敏銳地收集到想要的資訊，也同時讓受訪者有「共好」的感覺。這讓我想起去年邀請日本第三方評價的專家，來機構進行評鑑，整個訪談結束後，無論受訪的長輩，還是工作人員，都有充實的滿足感，機構更清楚自己的缺點與不足，也同時得到尊重與理解，這才是以人為本服務的基礎啊。

## 原來這樣會讓他們不舒服

以人為本的服務，不只是一切以長者需求為主去做服務，其背後的人文意涵是對所有個體的尊重，所謂對長者好的服務，不是我們覺得好，而是長者與我們都覺得好，這兩者之間有時候會相衝突。例如長者想要自己吃飯，可是卻可能拉長照顧者的工作時間；長者可能想要出去散步，可是他走路又慢又危險；長者不想包尿布，可是卻可能尿失禁。這種衝突是經常發生的，要解決這樣的困境，在談照顧技術之前，要先確認照顧的價值，就是尊重所有個體的自主意願，而要讓這抽象的人文意涵具體化，最重要關鍵的第一步，就是知道長輩的心聲。當我們了解原來重聽長輩對於大聲吆喝覺得不愉快，這時我們就會開始學會靠近一點說話；當我們知道原來失智長輩一直叫人，是因為不認識任何人而慌張，我們就會更懂得對他噓寒問暖；當我們知道央奶奶常常用餐只吃一半，就把東西放到她的提袋裡提回房去，目的是要留給她的兒子吃，我們就更能知道怎麼跟奶奶溝通。了解長輩的心聲，是建構照顧意識的第一步，也是促進自立生活照顧的最重要基礎。

## 對不起，您們給的，真的不是我們要的

去年參加日本四十四歲失智症患者丹野智文的演講會，他提到了太太會準備對腦部好的健康食物給他吃，可是他很不喜歡吃，所以偶爾會偷偷倒掉，當他講到這段時，對在場的家庭照顧者深深一鞠躬，他說：「對不起，我知道您們是對我們好，可是有很多東西，真的不是我們要的！」這句話讓我產生許多省思，我們常常以為對長者好的

事情，卻可能不是他們喜歡的，例如因為擔心健康，所以食物盡量清淡少油，甚至另外準備一份特製餐，可是卻可能讓他們食不知味，吃得愈來愈少，反而愈來愈衰弱。記得有一次在我母親經營的豬腳飯小吃店，看到村莊裡的一位老人家自己來吃飯，大大一塊豬腳擺在餐盤中，他感嘆地說不能讓家人知道他偷吃豬腳，不然他們會生氣，「連吃自己喜歡的東西都要像小偷，活得真沒用，唉！」

那句嘆息聲真是無比震撼啊！

## 重新擁有活著的感覺！

當長者感受到心聲被尊重與友善的對待，能夠有機會實現小願望，生活有一些小樂趣、小期待，以及認知自己可以盡一些使命與責任時，他們就會更願意為自己做決定，這是「生的意識」，也就是活著的感覺。當小學生和幼稚園的小不點要來表演的時間愈近，老人們也愈笑得開心；當知道因為流感停掉的例行活動課程，再五天就可以重新開始，「心裡便湧起了許多說不出的感激之情」；當知道弟弟今天會來，所以一大早就等在電梯門口。對我們可能微不足道的事情，或是信口的約定，對長者都是如山的盼望與諾言，現在知道了，就不會輕易停掉例行活動了，對長者，一定要守信。

這本書，讓我發現對老人家的了解真的是太少了，「長輩在想什麼？」這是所有的照顧者、研究者、政策規劃者都必須研讀的課題，也讓我想起在日本學習自立支援時，講師一再強調的：「自立支援不是復健，不是能力回復，認為他們要復健與能力回復，是我們認為，不一定是他們要的，自立支援就是給他們想要的服務，看長輩的笑容，就可以知道這個服務是不是他們要的！」

看完這本書，我懂這段話的意思了。

作者序

# 養老院，我們的家

◎黃育清

外子和我住到養老院來，已經超過十年了。這兩年，他常問我：「妳覺得我們作這個決定——住到養老院來，是對的嗎？」

當然是對的。我給了他肯定的回答。

他說：「我也這麼認為。妳看，住到這裡，什麼都不用操心：不必自己買菜、做飯，三餐都有人準備好，我們只要到時間去餐廳用餐就可以了。」

的確如此。

「還省了許多時間，不必自己清潔房間。」是的。養老院每週會有一天派人來替我們打掃房間、清潔地板、整理浴室、幫我們把圾垃清理乾淨。

「不只這樣，我們想要採購什麼，都可以到櫃臺去登記，洗衣精、洗髮精、麥片、牛奶，都會有人幫我們買回來，到時候再付費，真是方便得很。」

是的，住在養老院，可以受到種種的照顧，我們真是有福氣的老人。最近，聽說老同學靜，也去住養老院了，院址是在市區，交通更是方便。

不過，老伴卻另有意見。他說：「養老院最好在有山有水的郊區，我喜歡我們這裡，妳看，拉開窗簾，就可以看到藍天白雲、青山綠樹，山下的社區，洋房紅瓦，彼起此落，一派歐洲氣象，多麼引人入勝？」

老伴的話當然有道理。不過，我也贊成靜的選擇。每個人的需要不同嘛，靜也許還喜歡在城市活動，不想那麼快就「靜」下來，這要看各人的需要而定。

去年，我把自己在養老院的生活記錄成集，命名為《過盡千帆夕陽紅》，只印了二十本，分送給親戚和最要好的朋友。

好友琹涵看過之後，認為可以出版，就把《過盡千帆夕陽紅》介紹給「好室書品」的靜惠，承蒙她的策畫，《過盡千帆夕陽紅》得以在四塊玉文創出版發行，更名為《一群人的老後》。

沒想到即將八十歲的我，還可以出一本書，自己當然是喜出望外，同院的「鄰居」都很讚賞，孫子女們也很喜歡，更有好多位朋友打電話表示欣賞這些作品。

靜惠更鼓勵我，多寫一些老人的故事，讓社會大眾了解老人的形形色色，於是，有了第二本書的出版，命名為《老後的心聲　其實長輩們是這麼想》。裡面有很多不同老人的剪影，有非常可愛的爺爺、奶奶，也有並不可愛卻讓人同情的老人，當然，也有可笑的、會令人不解的、或不堪的老人家。寫這些是希望讓大家更了解「老」人：知道「老態」對身心的影響、知道「老境」有時是非常無奈的、體會「老身」是不由自主而往往無法自我控制的。

「住到養老院，妳覺得好嗎？」除了外子，也會有別人這麼問我。「我認為很好。」我的答案是：「因為我住對了地方。」

怎麼說？

住在這裡，既算獨居，又是群居。關起門來，你是獨自居住的；而推門出去，就有許多鄰居、朋友。

我最喜歡的是有「家」的感覺。不是孤伶伶的二老，也不是形單影隻的孤老，而是有一大家子的人。

白天，這些人各忙各的：有人上市場採購；有人去寺廟誦經；有人持續他們年輕時的嗜好，去爬山、去游泳、去跳國標；我自己也喜歡往外跑，有時和老友吃飯，有時和合唱團老團員聚唱，有時參加同學會瘋狂一陣。在家裡，如果有合適的搭子，摸個八圈，日子也就打發過去了。

外出歸來，是最快樂的時刻。推門進去，大廳坐著的都是「我們老人」，爭相招呼：「妳上那兒去了？」「吃了什麼好東西？」「又跟孫兒們聚會啦？」回到自己的族群，感覺真是愉快。

這個大家庭像一片大海，優游其中，將其形形色色記錄下來，讓大家了解，這也是我寫這些文章的目的。

# 目錄

## 輯貳・作夥過
## 生活的順勢眉角

## 輯參．有滋有味的老派小日子

## 輯肆・我八十歲的「青春」老友們

# 輯壹

# 如果有一個放心安老的家

# 服務臺

櫃臺後面，坐了一排服務人員，各司其職，他們經常忙得不可開交。

養老院一樓大廳的服務臺，是進出必經之地。櫃臺後面，坐了一排服務人員，各司其職，他們經常忙得不可開交。

外來訪客，第一關先要到櫃臺測量體溫，以防帶進感冒症狀，順便觀察有否其他毛病，老人家抵抗力薄弱，謹慎預防是絕對必要的。院民若要外出，櫃臺有把關的任務，他們踏出大門之前，一定得留下姓名和外出的時間，如果不回來用餐，也得事先登記，方便餐廳管理。歸院時得向櫃臺「銷號」，以清手續。但有時難免有漏網之「魚」，散步出了大門，會引來一陣緊張。曾經有位奶奶，不但出了房舍，還上了公車，最後被外頭的警察先生「撿」回來，上級一頓「排頭」，個個都吃不消！

初入住的新客，對院內和院外的環境都不熟悉，要一一引導解釋，起居、飲食、梳洗，都得詳加說明。例如：除非有特別原因，早上七點以前一定電話「叫起」，「起不來又如何？」「敲門。」「敲不開呢？」「用備份門鑰直入找人。」「哦！」至於三餐，服務員會來數人頭，少了要查出原因。「洗衣服怎麼辦？」「自備洗衣機。如果不想自備，可以到公共洗衣間投二十元洗一趟；烘衣也一樣。」「上醫院呢？」「前一日到服務臺登記，次日安排一趟公務車接送；如果嫌麻煩，也可請服務臺代叫計程車。」諸如此類，可見服務項目的繁雜，但他們都細心處理。

服務的態度是很重要的，他們都是和顏悅色，有問必答。資深的陳先生，對本院的故事如數家珍，只要爺爺、奶奶們問起，他就娓娓道來，老人家很喜歡找他閒聊，只要他手邊沒事，總會逗得大家笑口常開，也算是功德一樁。侯小姐，是美聲播音員，舉凡起居飲食，常在她的引導下展開活動，用餐、運動、買水果、上教會……都用雙聲帶一再播報，只怕老人家漏了訊息。韓先生，上樓下樓，忙得像陀螺，很少看他能在位子上坐定，早上接班，忙到下午八點，正要下班的時候，還有一位奶奶纏著他，「我兩天都沒吃東西了，替我想個辦法。」他知道她一餐也沒少過，還是得和顏悅色地安撫她一番。負責賬務的阿琴，也是任務沉重，月頭月尾，擠滿了交賬的人，一面繳錢，一面詰問：「我哪有用這麼多電費？」「我哪有講那麼多電話？」她都得一再小心地加以解釋，常替她捏一把汗。綽號風兒的服務員，工作餘暇和老人家常有互動，她藉著收集手形的活動，和爺爺、奶奶們打成一片，她打開搜集的冊子，請對方把手放在上面，依著手掌，用筆描下形狀，再請老人家簽個名，留幾句話送給她，這個活動很溫馨，大家都很喜歡。此外，還有幾位年輕的替代役，來來去去，也幫了不少忙。

日班忙碌，夜班也沒閒著，偌大的院舍，晚上只得兩人當班，有時一人休假，剩下一人獨當重任，還好是大男生，否則好不嚇人？遇有突發事件，得憑智慧處理，如半夜的急性病患，得馬上聯絡救護，夜晚浴室摔跤，也常忙得天翻地覆。早上電話「叫起」，任務也不簡單，逐室撥號請安，沒有回應的，得親臨拜訪，最傷腦筋的是那幾位失聰的老人，左呼右喚，毫無反應，六層樓逐層「尋寶」，常跑得氣喘吁吁。

服務臺人員為大家所做的一切，我們衷心感謝。

# 活潑的氣息

老人的世界裡有年輕人的知識、有年輕人的笑聲，好可愛，他們讓我們能夠偶爾年輕不少。

住在這裡的人，雖然全是年過六十五歲的老人，但是也不見得就是暮氣沉沉。因為有櫃臺工作人員、有社工，他們都是年輕人，都是跟我們兒女差不多大的「孩子」。

老年人雖然動作遲緩、反應較慢，但是見到了年輕有朝氣的「孩子」，多半如冬眠後甦醒過來的蟲兒，在年輕人身上，感染到活潑的青春氣息。

在房裡看書、寫字之後，累了，我便往下跑，去聽聽年輕人的笑聲，看看他們緊實的肌膚，忘了自己的年齡。

溪社工，是個老實的孩子，他肯做、能做，多少年如一日，長輩們有事都找他，做好了還好，沒做到老人家滿意的程度，他就有訓話好聽了。多少年來，他一直是老人的孩子，是老人告狀的衙門，是老人傾吐心事的垃圾桶⋯⋯。他召之即來、揮之即去，吃苦也從不哼一聲，大家都喜歡他，偶爾，我經過社工室，探頭一看，七樓的徐爺爺坐在他旁邊，兩人還有說有笑，看來，應該是徐爺爺向社工吐露一些他心中不為人道的祕密吧！

我自己也常找這位男社工，找他絕沒有好事給他，總是要他辦什麼事、找什麼人，或是把他當精神科醫生，訴一訴難以讓外人知道的苦水。除了他，好幾個年輕人也都是老人家喜歡的「孩子」。

冬社工是新來的，才二十四歲，身材圓滾滾的，但是什麼都難不倒她。有人想要入住，她會帶著參觀解說；有來賓來表演，她也會拿起麥克風大方地表示歡迎之意。可以當我們孫女的年紀，卻表現得事事得體，真叫人喜歡。

老人們都喜歡年輕的他們，很想融入他們的生活裡面，可是有時候也會有趣事發生。有一回，一位奶奶拿著當天的報紙來到辦公室，「奶奶，什麼事？」年輕的社工看出她的躊躇猶疑，先開口問她。「這個……這個我看不懂，這是什麼意思？」奶奶指著影劇版上的某個地方。有人湊過去，看清楚了，笑著走開了，另一個人也來看，還念出來：「壁咚。」也笑了。

「什麼意思？」奶奶年輕時念的是中文系，她的中文造詣是很不錯的，但是竟然有她完全看不懂的文字！「『壁咚』，什麼意思啊？」大家都笑著，帶著幾分尷尬，奶奶愈發狐疑了：「是不好的意思嗎？」

一個社工忍著笑，把奶奶帶到牆邊，然後向前伸手按了牆壁，很快就笑著閃開，他解釋說：「就是這樣！」

奶奶終於懂了，她的皺紋也笑了，年輕人創造的什麼新詞啊！真是的！然而，歡笑的氣氛讓她很高興，覺得自己也年輕了起來。

有一次，一位奶奶到樓下聊天，說到她從前打掃住家的辛苦，她問年輕的工作人員王小姐：「妳下班以後還要清掃、還要做飯，一定忙壞了吧！」

王小姐微微一笑，說：「沒事，我家有『愛蘿蔔』會幫我打掃。」

誰？是她婆婆？還是她請了鐘點工？

都不是，是機器人，會整潔房間，把灰塵全都清理得一乾二淨的機器人。

「機器人？」奶奶想起以前看過的報導，很像太空人，會做事、會打掃的那種機器「人」。

「有多高？」奶奶的好奇心被引起：「妳家的機器人有這麼高

嗎？」她用手比著腰部。

「奶奶。」年輕的王小姐笑了：「是長這樣的。」她比劃著圓盤子。然後告訴奶奶那個「愛蘿蔔」有多棒，設定好時間，它會自動開始清潔，地上絕不留一絲髮根、一粒塵埃……

「哇！」奶奶搖頭驚嘆：「太棒了！要是以前有這個多好？我媽也不會那麼累了……」大家聽了都笑翻了。

老人的世界裡有年輕人的知識、有年輕人的笑聲，好可愛，他們讓我們能夠偶爾年輕不少。

（後記：王小姐說奶奶弄錯了，她說的是品牌是i，而蘿蔔是英語機器人的發音，但是奶奶很喜歡自認為的「愛蘿蔔」（iRobot）發音。）

# 各界訪客

形形色色的訪客，就像大小不同的石子，投進養老院平靜的水面，在老者們的心湖中激起浪花，平添許多生活的樂趣。

住在這裡，除了自己的兒女之外，常有其他的客人來訪。

較常來的是一些醫療團隊，會面的地點多在大禮堂，他們帶來投影片、麥克風，介紹許多健康常識，尤其老人常見的疾病，像三高、糖尿病等問題，因為和老人有切身關係，經常是座無虛席。團隊的成員，也和老人有些互動，請老人提出問題，他們加以說明或解答。不過，有些爺爺、奶奶有時因視力或聽力的困難，會中途離去，但大多數的住民都會堅持到底，畢竟機會難得。

另外一類訪客，是表演的團隊，五花八門的都來過。有非常專業的演員、有歌星、有舞蹈明星，像林沖先生就來了好幾趟。也有樂器表演，如二胡、小提琴、揚琴等等。也有學生團隊，一來就好幾個班，熱鬧非凡。最受爺爺、奶奶歡迎的是小學生和幼稚園的小不點，老人們似乎看到自己的小孫子，摟在懷中捨不得讓他們走。至於他們表演些什麼都無所謂，愈是荒腔走板，老人家愈笑得開心。

有些團體，會帶一些小禮物贈送給老人家，他們通常都會問些簡單的問題，讓老人家搶答，以炒熱氣氛。答對了問題，獎品就送到老人跟前來，雖不是什麼值錢的東西，拿到的倒也歡天喜地，會讓老人家高興一陣子。有一次讓我非常感動，團員們送的是他們親手織的毛織品，如帽子、圍巾等等，老人家們拿到了很珍惜，戴著一直捨不得拿下來。不過，也有一些團體，雖也秉著熱心，可能因為準備太匆促，送了不恰當的東西，我曾拿到一張新年賀卡，打開一看，卻是舊卡，馬年拿到的卻是羊年的賀卡，令人啼笑皆非。所以說，送禮也是一門學問，送不對了，引來相反的效果，真是始料未及。在設計問答時，也要多些研究，例如有人問：「爺爺，今天是雨天還是晴天？」「今天是幾月幾日？」似乎把老人都當成失智阿伯，有些受辱的感覺，應當避免。

老人團體也是許多學術界研究的對象，許多研究生也常到這裡訪談，他們先選好訪談的對象，再登堂拜訪。這類訪問，也有一些風險，我曾看到一位受訪者，被問得大發雷霆，可能是被問到一些太過隱私的事情，老人感到受辱，而拒絕合作。也有一些訪談，做到一半，做不下去，例如有些算術題目，超過受訪者的程度；有些奶奶識字不多，看不懂問題，都只好中止，另找對象。有些訪問者比較貼心，會和老人聊一些生活情形，談談家常，幫他們量個血壓，關心他們的病痛，再慢慢進入訪題，比較能得到老人密切的合作。有些老人們一時興起，把過往的事情滔滔不絕、如數家珍地一一述說，難免會偏離主題，訪問者就得想辦法導回正軌。有幾位訪問的學生，訪問的次數多了，老人把他們看成自己的子侄，至今還經常有來往，逢年過節，都還常來探望，結成了親切的老少緣。

形形色色的訪客，就像大小不同的石子，投進養老院平靜的水面，在老者們的心湖中激起浪花，平添許多生活的樂趣。

# 好司機

一趟溫馨的接送，省去老人家許多麻煩，所以大家都把他當做自己的親人看待。

自用車賣掉之後，已經過了三個年頭。現在要外出，就得坐公車、搭捷運、或是步行，不得已的時候，只好叫計程車。

坐公車得計算時間，我們養老院的地點略為偏僻，每半小時才有一班小巴，如果誤了一班，那就大事不妙；若搭捷運，最近的車站是動物園站，遠些的是萬芳醫院站，但都得經由小巴轉搭；步行呢？目的地應該是政大，看你的腳程快慢，大約需要二十分鐘到半小時，到了那裡，公車四通八達，去何處都方便。但是，都得有一個先決條件，天公要作美，行動才方便，若遇到刮風下雨，最聰明的選擇，還是叫計程車。

在我們的住處門口是攔不到計程車的，所以叫車的方式，不外兩種：一種是透過服務臺請特約的車行來車；另一種是自己約熟悉的司機。爺爺、奶奶們的偏好是自己叫車，在房間內拿起電話，撥通了馬上知道有沒有車子，通常都能叫到車，如果司機太忙，他也會給個時間，比較踏實，不會等得心焦。大家最常叫的一位司機，他姓林。

林司機服務的態度非常好，他有超強的記憶力，哪位爺爺要上什麼醫院，哪位奶奶要看什麼親戚，只要搭他的車一、兩趟，上車時不用再說一大串街名、地名，只要一聲吩咐，便會自動把人送到那裡，大家都感到很神奇。回程的時候，說好時間，他便會準時來接，安全地把人送回養老院。例如老爺爺要看牙齒，上的是哪家醫院，要待多少時間，他都十分清楚，一趟溫馨的接送，省去老人家許多麻煩，所以大家都把他當做自己的親人看待。

有一次，我的腳板不小心撕裂，醫生囑咐，在半年以內盡量少走動，這漫長的時間裡都靠林司機幫忙。我的老家住在北投，許多老朋友都在北投、天母一帶，而養老院則位於臺北市南方，所以就靠林司機的車子北討南征，沒多久，他已熟悉我所有親友的住處，只要說出親友名字，就能安然到達，真是非常方便。

孰料，天有不測的風雲，就在去年過年的時候，林先生因血壓高，發生了小中風，雖然身體機能都還好，說話應對也正常，但開車還是危險的。剛開始養老院的爺爺、奶奶並不知道，依然叫他的車子，後來發現開車的是他的女兒或兒子，林先生只是坐在旁邊，指揮行走的路線，事後，他才將中風的實情告訴老人家，爺爺、奶奶們大為吃驚，但都很感謝他服務的精神。慢慢地也不敢太麻煩他，改叫其他的車子了。

當然，臺北市的計程車隨手都可叫得到，但上車之後才考驗你的運氣。最常見的是故意拉長路線，一旦發現你對路線不熟，他就東繞西轉，多收個一、二十塊是常有的事；再就是喜歡高談闊論，國事天下事無所不談，最怕碰到對政治有成見的司機，自總統、院長……一直罵到清道夫，讓你如坐針氈；有的司機開收音機，在車中製造許多噪音，讓你沒一刻安閒。

因此，老人院的許多住民，還是很懷念林司機。

# A 型流感

希望大家都能健健康康，才不辜負院中隔離的美意，也不負工作人員們加倍的辛勞。

起初我們一點警覺都沒有，主日聚會時同工珍珠說：「三樓、四樓的人都不讓我們推。」「為什麼呢？」我問她，「因為那兩層很多人感冒，怕會傳染。」

那也對，養護那邊的多半不會行走，必須靠同工們去推輪椅，既然病了，當然沒有必要送他們過來。

這天，只有一個會走路的婉若過來聚會，其他都是我們這邊的人，顯得有點冷清。

但我們還沒有意識到什麼。

下一個主日，仍然有同工過去，想推那些阿公、阿嬤過來。珍珠回來了，臉色不太好地說：「統統不許推過來，那邊的人A型流感很嚴重，也不許我們進去……」

這才知道有A型流感，但是，還不知道它的可怕，直到那一天……

竊竊私語響起，說「XX房和XX房中鏢了，現在被限制隔離，不許他們出房間，不許他們下樓用餐，會有工作人員送餐給他們。」再來，耳語更多了，「那個人有感冒，離他遠一點。」「那個人發燒了，上午送去醫院了。」

沒兩天，不必耳語了，工作人員廣播說，「所有活動暫停兩週。」手語班停了，教會活動停了，樓下每天的運動也停了，所有人下樓來都必須戴口罩，所有進來探訪的人都必須量體溫，確定沒發燒才許放行，還得在右肩貼一個圓型貼紙，以示可以通行。所有人也都不可以下樓到餐廳吃飯了，那是群聚的場合，是很危險的。

那麼，三餐該怎麼辦呢？

不許下樓，只好人員送餐上來，一戶一戶地送，並且帶著體溫計量溫，有幾戶已經入院了，其他的人只是一般感冒，但光是不斷的咳嗽聲都讓人心驚肉跳，唯恐他得了A型流感。

送餐送了兩星期，聽說病情漸漸穩定下來了，雖然耳聞養護那邊有三個院民情況嚴重，已去了天國，然而A型流感似乎已逐漸遠離。

終於可以下樓用餐了，見到面都說：「好久不見了。」這才知道，健康和能夠自由行走的可貴。

然而，其他活動還在靜止中。

廣播說：「運動從下週一開始。」但是沒說其他活動，本週可以聚會嗎？可以上手語課嗎？

雖然我告訴來問我的人，「當然可以上手語課。」但是不知道中心的想法是怎樣的。

經過了這三個星期的抗病活動，看到了大家的辛苦，廚房忙完烹飪，還要裝便當、裝湯盒，然後兩人負責一個樓層，在餐盒上標房號後，一家一家地送、一家一家地量溫，吃過的空餐盒放在門外，也是他們一戶一戶來收，真是辛苦了。

但有些住戶竟然埋怨少了包子，或者抱怨沒有五穀米飯，我在一旁聽著，為工作人員很抱不平，這麼辛苦，不安慰也就算了，竟還挑三揀四？

經過這次A型流感的侵襲，體會到了人類身體的脆弱，也感受到能智慧地防範疫情擴大，實在是件不容易的事。幸好警覺得早，上下合力抗流，總算讓危機遠離。希望大家都能健健康康，才不辜負院中隔離的美意，也不負工作人員們加倍的辛勞。

現在警報大致解除了，但院方宣布還要觀察五天以絕後患，才能恢復原來的生活樣貌：每週二的呼吸淨化教學、每天下午三點的健康操、週三與週日的基督教教會禮拜……還有還有，週五在才藝教室的手語課。

如此一想，忽然發覺原來的生活竟是如此地多彩多姿，所以，即使要我們再「無聊」五天，只要想到美麗的盼望就在眼前，心裡便湧起了許多說不出的感激之情。

# 天天都這樣

「她天天都這樣」，那護理師豈不是也「天天都這樣」承受著那許多的壓力嗎？

平常到圖書館看書，都是很安靜的，今天可不同，還沒走到圖書館，就發現平日冷清的走道上全是人，不是站立的人，也不是參觀的人，而是和輪椅連為一體的養護部的阿公、阿嬤們。

怎麼都出來了？我心裡很疑惑，平日這個時間他們都有別的活動，不會到我們這邊來的。問了夾雜在輪椅中的護理師，她說：「我們那邊要清洗、要消毒，所以過來這邊。」

他們只是在走廊上，我還是可

以進圖書館去看小說。於是，我到平常的座位上，像平日一樣，拿下一本推理小說，慢慢欣賞……。小說裡的命案還沒有發生，我卻突然驚悚了起來，一臺輪椅快速地朝我坐的方向衝過來，上面坐著的阿嬤急吼吼地用閩南語嚷著：「我要大號！我要大號！」

廁所是在走廊上，怎麼會到圖書館來上大號？

我嚇得跳起來，大聲跟她說，「這裡不是廁所，廁所在外面！」她比我還大聲，而且悽慘地喊著：「我要大號！我要大……」我陷入窘境了，圖書館平常都是我一個人在看書，並沒有管理員的，她要上大號，又不肯出去，我怎麼辦？

我跑過大嚷的奶奶身邊，衝去走廊找護理師，還好她在。「有人急著要『棒賽』！」我急急地把事情說了一遍，我以為她也會驚慌失措的，結果沒有，她很鎮定地告訴我：「她上過了。」「可是，她又要上了。」我的臉一定皺得很難看，旁邊一個奶奶竟然同情地告訴我：

「別理她，她天天都這樣。」

天天都這樣？我一時聽不懂她在說什麼。

衝過去說要上大號的奶奶，推著輪椅又衝出來了，仍是急吼吼地喊著：「我要棒賽。」「妳去過了。」護理師說。

「那……，怎麼辦？我要棒『啥』？」

護理師跟我說：「沒事沒事，妳去看妳的書吧！」

但我的心情並沒平復，剛才的緊張還在。雖然護理師說阿嬤上過了，萬一，她真的還想上呢？不能不管她吧！

離我不遠處的那個阿嬤還是一直說著，「要棒……」「要棒……」「要棒……」

護理師終於受不了了，她生氣了：「妳囉嗦！」

「我要棒……」「妳囉嗦！」

「我要棒……」「妳囉嗦！」

「我要……」「啊，囉嗦啦！」

我回到位置上，接著看我最愛的推理小說，發覺自己看了半天，不知道看些什麼，因為走廊上還在「我要……」「妳囉嗦！」的來往著，我剛才的驚慌還沒有平息，叫我怎麼進入東野圭吾的推理世界啊？

那一天，我完全沒辦法看完那一本攤在桌上的書，甚至連一章也沒有真正讀完，而是草草看過。我腦海裡一直回想著那句話：「別理她，她天天都這樣。」

「她天天都這樣」，那護理師豈不是也「天天都這樣」承受著那許多的壓力嗎？養護那邊要清洗、要消毒，阿公、阿嬤才會被推到這邊，讓我有機會看到養護的爺爺、奶奶們，體會到伺候他們的工作人員的辛苦。那是我入住第二年的事，若是現在，遇到同樣的情形，大概我也不會那麼慌張了吧！

# 你來了噢

當弟弟終於出現的時候，他的心中是不是也歡樂地響起一句：「你來了噢！我終於等到你了！」呢。

我並沒有注意到他是誰，只是常常看到高大的他拖著拖鞋、穿著短褲、上身通常是便衣，從電梯裡出來，便向養護那邊走去。幾乎是天天如此，不過多半是晚餐前後。常常看到他施施然走過去那邊，但是並沒有特別注意到他是誰。

後來是王奶奶的看護告訴我，「那個人每天來看他的哥哥。」

他的哥哥？他看起來六十多歲，他哥哥可能七十多歲了吧！怎麼會住養護呢？

我還是沒有太在意。

有一次，因為有事過去養護部，辦完事回頭走的時候，注意到那個高大的弟弟也在那裡，他扶著一個行動不便的老人，讓「他」走路。我看過那個哥哥，他經年坐在輪椅上，有人靠近，他就會用閩南語問說：「你來了噢。」他好像視力不好，總是一遍又一遍地問我們。回答了後，過一會兒，又問同樣的話，所以我對他有印象。

怎麼，那個高大壯碩的弟弟是來看這個萎在椅上、走路極不方便的哥哥嗎？我默默看著哥哥按著輪椅，半步半步地走，弟弟在前面引導著、帶著他。

後來我才知道，哥哥好像沒有婚娶，孤單一人，而弟弟每天都從附近的社區過來陪他哥哥，帶他練習走一小段路。

久了，我看到高大的人影，就知道是來看哥哥的陳先生了。有時候他來得早，我們見到他的時候，他已經準備回家了，有時他過去探一探就回來了，說，「哥哥正在睡覺，就不勉強他了。」

應該有好幾年了，每天每天，弟弟都必定來看哥哥，颱風天、下雨天都不例外，「有你這樣的弟弟，真好。」我們都真心為他的哥哥感到安慰。他卻笑瞇瞇地說：「這是應該的啦，他沒有別的家人啊。」

半年前，安養部入住的新人中，好像也有類似的情形。

那位新住戶不太和人說話，靜靜地吃了飯，把碗盤擺好，就上樓去了。住了一陣子，聽說他去牙科整理過牙齒，也把牙弄好了，整個人看起來精神不少。我還不知道他姓甚名誰，也不知道他住幾樓幾房，不過只聽到人家笑說，他很有趣，如果有家人要來，他就一大早站在電梯前等。

「沒有約好時間嗎？」

「也不知道，」同桌吃飯的奶奶告訴我，「其實，人家會到他房間去找他的，不用在電梯口等。」

後來，又有爺爺告訴我，「他一直在電梯口等，怎麼勸他都不回去。」

「其實，人家一定會去他房間的。」

我想：「何必那麼辛苦呢？」

後來我才聽說，來的是他弟弟。不管弟弟說幾點會來，他總是一大早就等在電梯門口。我跟他不同樓，也沒看過他的弟弟，只聽說他整天等在電梯門口，就覺得心裡一陣酸。

他可能沒有別的親人，弟弟就是最親近的人了，所以要看牙、要看眼，都是弟弟陪他去，弟弟只要說了要來，他就一大早充滿希望等在電梯口，也不管要等幾小時、要等多久，他有盼望，「今天，弟弟會來。」當弟弟終於出現的時候，他的心中是不是也歡樂地響起一句：「你來了噢！我終於等到你了！」呢。

# 找阿嬤

她也許忘了自己身在何處，卻突然記起阿嬤，惦著失去阿公的阿嬤吧！

早上坐電梯到一樓，正要向餐廳走去，卻看見兩個工作人員在緊張地討論著什麼，好奇的我難免要探頭聽個大概。

「什麼事？什麼事？」

「就是那個蘭奶奶啊。」其中一個回答我：「叫也叫不醒，打電話給她，沒人接，去她房間，進去叫她，嘿，她睡得好香好甜，怎麼叫都叫不醒，真急人。」

我們這邊的制度是每餐都要點名，發現有人的餐桌空著時，就會到櫃臺打內線電話叫他。

尤其是每天的早餐，更是大家特別注意的時段。因為經過一長夜，什麼事情都有可能發生，有的長輩半夜就摔倒了，有的早上起床的時候不小心踢到而跌倒，所以工作人員特別謹慎，電話先叫早，很久沒人接的話，有可能去取備份鑰匙開門，走到床前呼喊爺爺、奶奶起床，一般是到床邊搖一搖，爺爺、奶奶都會醒過來的。

而蘭奶奶怎麼會睡得那麼沉，到她床邊也喚不醒她呢？

蘭奶奶身高很一般，體型胖了些，她走路走得很好，聽說偶爾還會去運動中心游游泳，趁優待老人免費的時候去游，這我還是聽到蘭奶奶跟別人談話的時候才知道的。蘭奶奶會游泳，所以她身體看來很不錯，微胖、結實，背一點都不駝。所以，在我眼裡，她是一個健康的奶奶。

健康奶奶昨天累倒了嗎？不然怎麼一叫再叫都酣睡不醒呢？

我們三個正在說說笑笑，坐櫃臺的小玲過來了，她也來問蘭奶奶的事，知道她還在熟睡後，恍然大悟地說：「她昨天太累了。」

蛤？怎麼了？昨天。

「昨天她到基隆去了。」

大家都睜大眼睛等她的下文，「很厲害噢，她一個人會坐車到基隆去，是基隆的警察打電話來，我們才知道的。」

那麼，是她又走丟了？以前也有過幾次鬧失蹤的紀錄，不過都只在這附近，沒有跑那麼遠的。她為什麼會一個人跑去那麼遠的陌生地方呢？

小玲說：「蘭奶奶說她要去看她的阿嬤……老天，她都快九十歲了，如果她的阿嬤還在的話……。」

那怎麼辦？今天的早餐她肯定是爬不起來吃了。

「幫她留餐吧！」聽小玲這麼一說，大家才放了心，看她什麼時候起來再說吧！

基隆？我好久沒去過了，要叫我一個人去，恐怕得摸索好久吧！蘭奶奶不是失智了嗎？怎麼還會跑到那麼陌生的地方？

那麼，是誰把她帶回來的呢？

「我們打電話給她的媳婦，讓她去把奶奶帶回來的。」

今天早上的問題好像解決了，可是我愈想愈奇怪，失智不是失去所有的記憶，而是有一部分走失，另外的部分還存留著？還是說有時候失去全部記憶，有時候卻把遙遠的記憶從層層雲霧之中找回來？

她也許忘了自己身在何處，卻突然記起阿嬤，惦著失去阿公的阿嬤吧！於是她摸索著回到了記憶中的基隆，可是找不到阿嬤的家了，是這樣嗎？她的失智到底到了哪一種程度呢？我拍著腦袋，想不出個所以然來。

# 雲裡霧裡

她兒子會來嗎？他真的等著吃這些食物嗎？我不知道，但心中一縷酸楚緩緩升起，就是糊塗了，母親還是念著自己的兒女啊！

洪奶奶剛來的時候，是個梳洗非常乾淨的阿嬤，臉上總是帶著笑容，見人就笑說，「我卡早在市場賣豬肉的。」她的禮貌客氣，給人留下很好的印象。

她的變化是在不知不覺中產生的，當別人告訴我，連她也「糊塗」的時候，我真是不敢相信。但是事實擺在眼前，由不得你不信。起初，洪奶奶只是在衣著上有了差錯，後背穿成前胸，或者褲腳只伸進一條腿，另一條褲腳在身旁晃啊晃的，不過，經過人家提醒，她總笑笑地回去更正，還客氣地說，「怎麼這麼笨哪。」

後來，洪奶奶的記憶紊亂了，遇到人就說：「我要回家。」「我怎麼會在這裡，這是什麼地方？」她臉上的微笑消失了，取而代之的是一種惶惑，「我不知道怎麼回家，你可以帶我回去嗎？」

她的臉依然乾乾淨淨，皺紋也不多，她的背脊還是挺直的，只是她的記憶庫亂了，總是說她是第一天來這裡的。過了好一陣子，看不到她了，聽說已經送去另外一處離她家較近的機構了。

尹奶奶剛來的時候，身材適中，臉上帶著微笑，是很好相處的一個人，問她以前的工作，她都會侃侃而談，她說她專門替學生入學時繡學號，也當過游泳教練，各種泳式都會。

談到她的先生，她就紅了眼，說，「他走了，去天堂了。」她又說，先生和她感情很好，從來不吵架，他走了，她天天哭，想起來就哭，兒女才會把她送來這裡。

尹奶奶個子很高，身材又好，穿起衣服來很有架式，游泳教練的身材的確不是一般人可以比的。尹奶奶還會唱歌，她會唱的都是閩南語老歌，她沒有刻意提高嗓子，但是唱得很委婉、很好聽。有時候她換了衣服，我們都以為她穿的是新衣，後來才知道，她有好手藝，可以把窄的放寬、長的縫短，還可以拿不同的衣服來接長補短，而且看不出來有縫補的痕跡。

這樣一個多才多藝的奶奶，也漸漸地變了。她的身材不再有原來的韻味了，她變胖了。胖的不是臉、不是手臂、不是腿，雖然這些部位也胖了些，但比例都還可以，也還勻稱，只有肚子和臀部，完全脫離了該有的曲線，高高隆起的腹部，放在年輕婦人的身上分明就已懷胎十月，臀部也很壯觀，又寬大又突出，完全失去了游泳教練該有的身段。

這些外觀的改變還不打緊，重要的是她也糊塗了，常常徘徊在電梯口，不敢隨意進入，要碰到有人要下樓去用餐，她才敢隨著一起進電梯。有時候，弄不清楚時間，常問人家，「該吃飯了袂？」或者問人，「我吃過飯了袂？」前後不到一年，變化如此之大，讓人感慨不已。

央奶奶是何時進住的，我沒有印象，等發現她時，已經覺得她大有問題了。我們六樓居民常常坐在交誼廳聊天說笑，央奶奶不知道從哪裡冒了出來，傴僂著背、步伐緩慢的她選了張沙發椅坐了下去。

她是五樓的住民，怎麼跑來六樓了？有人向前去問她，她臉露不耐，反問人家：「這裡不能坐噢！有規定噢！」弄得人家很尷尬，後來我們知道她是記錯了樓層，就換了個說法，問她：「阿嬤，來，我帶妳坐電梯，回去妳的房間。」

起初她還很懷疑：「你哪會知道我住哪？」

問話的人要很耐心地跟她說話：「知道啊，妳住五樓對不對？」

她遲遲疑疑地站了起來，還是有些疑慮：「你哪會知？」不過還是乖乖地跟進了電梯，算是解決了我們的困擾。

後來我聽人說，央奶奶用餐只吃一半，她會把有些東西放到她的提袋裡，提回房去。等餓了當點心嗎？不，他們說：「她把這些帶回去，說是要給她的兒子吃。」她兒子會來嗎？他真的等著吃這些食物嗎？我不知道，但心中一縷酸楚緩緩升起，就是糊塗了，母親還是念著自己的兒女啊！

# 粉紅色的安慰

甜美的一覺，沒有身體這裡那裡的疼痛，沒有瑣事往事的牽絆和憂傷，即使會上癮，也無所謂了。

自從民國一〇三年年底，接觸到這顆粉紅色的小丸子後，我就迫不得已地與它成了好友。

這真是迫不得已，如果不吞它，我就得整夜在床上煎魚，左翻過來、右翻過去，希望得到一夜的安眠，但是，一夜的安眠不是容易得到的，任你數幾百隻羊，還是翻身過來翻身過去，睡神總不肯光臨，於是腦袋醒著、胃醒著、耳朵醒著、膀胱醒著。

輾轉反側之餘，就會半小時如廁一次。腦袋醒著，什麼念頭都紛至沓來，許多新煩惱突然在半夜降臨，已經遺忘多年的煩惱也會再度來訪，掀起記錄煩惱的簿子，無止無休地提醒你塵封已久的往事。耳朵醒著最是糟糕，六樓下面馬路上晚歸車輛的聲音，救護車「喔咿喔咿」的驚悚聲，電冰箱細微的聲音，每一個都在吵著你，白天的吵鬧聲停歇了，萬籟幽微的聲音卻來你耳邊不停地吵著，於是更睡不著了。更糟的是感官都醒著，胃隱隱作疼、膝蓋骨也抗議著白天的工作、腦後原來的疼痛更加猖獗，教人不得不擔心，有時候，肩膀也來鬧一鬧，髖骨鬧得最兇，讓人不能不想到動手術之類的駭人措施。窸窸窣窣之聲處處可聞，腦袋愈來愈清醒，對未來的恐懼也愈來愈深，更睡不著了，更要往廁所跑了。

如此難眠的夜晚，忽然間在吞食了半粒助眠藥之後，竟全然改變，整個人很快地陷入黑甜之鄉，整夜無夢，膀胱實在憋不住時已是六小時以後了。

於是，什麼都不曾上癮的我，就這樣上了粉紅色小丸子的癮了。那麼美妙的黑甜鄉，豈能不去？那全然的休息、全然的放鬆、全然的無憂無慮，豈能不上癮？

從民國一〇三年十一月起，我享受到了安眠的滋味，從此，再也不敢離開粉紅色小丸子。偶爾想試一試戒「藥」，認為也許不是藥丸真的有效，而是自己神經質，吃了它，安慰了自己，才會一夜好眠。所以，有時想試試看，這是心理作用還是真的有藥效？

他說：禱告就行了，絕對可以入眠。於是我虔誠地禱告著，虔誠地求祂同在助我安睡，但是我的禱告卻無效，有人數羊或唱歌，我也唱詩歌，也唱學來的閩南語歌，但全都沒有用。很多過去的人、過去的事，閃電般侵入我的腦袋，讓我迷迷糊糊，只有暗暗發誓，明晚，一定要服藥了。一覺睡到天亮，是多麼幸福的事。如今深刻地體會到了，這下子，離不開那粉紅色有凹槽的小丸子了。

從前絕對排斥吃藥安眠的自己，現在才知道，人有時是無奈的，若不是它太甜美，我怎麼願意會冒著吃上癮的危險吞食它呢？甜美的一覺，沒有身體這裡那裡的疼痛，沒有瑣事往事的牽絆和憂傷，即使會上癮，也無所謂了。何況，如今高齡七十六的我，就是會上癮一輩子，又能有多少個年頭呢？

粉紅色小丸子已經吃了一年四個月，看來未來的歲月還是得仰賴它，吃了它，好似關了身體所有的機能，一切都默默入眠，沉酣香甜。只是有時氣溫在夜半或黎明時陡降，等到冷寒入侵身體，一切為時已晚，再加蓋棉被，鼻喉已不肯妥協，這是它唯一的缺點。

所以我心存感謝，在睡前吞服三分之一的粉紅色藥丸，希望一覺到天亮。更希望在歸去的路上，平穩易走，一覺不再醒來。

# 無奈

散步著散步著，前面的人不見了，散步著散步著，有人跌跤了，有人頭腦不清了……

以前沒有遇過，現在卻時時出現在眼前，無奈的感覺沉重地出現了。

老了，行動遲緩了，很多事做不來了。彎腰，腰就痛；多走一段路，腳就痛著抗議。這些都早已無奈地宣告：老了，真的老了。

然而還有更無奈的事在前方等著我們。方奶奶，北大畢業的高材生，如今什麼都不會了，由人推著輪椅進餐廳，要人餵著吃飯，食物在嘴裡太久，看護會罵人的。云奶奶，人文靜、有禮貌，如今，也開始需要看護的照顧，見到人，她依然禮貌、文靜，但是看護說，云奶奶其實私底下很難纏，而且時不時就罵人。是這樣嗎？不是這樣嗎？無從求證，只好相信這個看護運氣不好了。

王三番兩次地跟我說：「人老了真可憐。」她說的可憐不是老人的失能失智，而是最後面對的窘境。

很多老人失態之後只能交由看護照管，運動時間到了，年輕的看護把輪椅推到做運動的場所，他們自己就輕鬆了，玩手機的玩手機，聊天的聊天，接電話的接電話，反正輪椅上的爺爺、奶奶跑不掉，有時候甚至，連話也說不清。

更糟的是，看護有時候會請假，找其他人來代班，老人一點辦法也沒有，只能依順著新來的「主人」了。從熟悉的看護換成較為陌生的看護，老人家習不習慣，沒人問、也沒人懂，可能老人自己也懵懵懂懂的，沒有自己的主張了。

年節將近，一問，各個看護都要回家休假，或一個月、或兩個月，當然會有代班，可能老人家沒有意見，但看在我們的眼裡，總是有種同情，老人家習慣看到的面孔，突然間變了，陌生人在你身邊，你習慣也罷、不習慣也罷，局勢由不得你，你已是任人擺布的老者，腦袋是否仍清楚難說，就是有意見，也奈何不了了。

年輕的看護當然也有他們的苦衷，二十四小時被綁在雇主身邊，自由全失，每天把屎把尿、洗滌髒衣服，有時候還會被雇主斥罵，當然也有他們辛苦的一面，不讓他們休息也太不人道了，但換了臨時看護，又苦了老人家。

其實不請看護的也大有人在，像幾年前的萬奶奶，她的積蓄用盡了，賣房子的錢也見底了，她搬到養護那邊去，為的就是要省下看護費。到那邊只要三萬多元，在這邊，房租再加上請看護，就要七、八萬元，的確是很要命的開銷，何況有時候還請不到貼心的人，就更增苦惱了。

萬奶奶最初還跟我們有互動，我們去看她時，她會說，「我一直看你們，你們在散步，沒有看到我。」她是什麼樣的心情呢？羨慕是當然的，會不會有幾分傷感呢？

後來她開始多次進出醫院，再後來就不再出院了。之後，她女兒說，她回「家」了。

生離死別，真是無奈啊。她的房間換了兩個主人，一個回到天上的家去了，另一個住不慣，便搬回去自己地上的家了，我們散步總還是經過那間房，只能一步一步走過去，不能去回想從前，那故人的笑語音貌，全都深藏在心間了。想了又能如何，只能無感地走、無奈地走過去……。

新的人繼續住進來，有的年歲已高，行動已不太靈光，這些老人住在一起，好的是有人可以聊天，把從前的風光一一細數，不大和人交談的，至少可以在進餐之前，和人打打招呼，進餐之後，一前一後地有人陪伴著散步……。

散步著散步著，前面的人不見了，散步著散步著，有人跌跤了，有人頭腦不清了，他們一一住院去了，過一陣子，有人出院回來了，也有人走了，房間空一段時間，經過消毒打掃，再搬進新的住戶。

人來人去，能聚在一起的人最常說的一句話就是，希望能「好走」。這是希望，但真正的結果如何？誰也無法知道。

# 我不要

我不要只有一息尚存，什麼能力都沒有，我希望能走、能思考、能正常。

這是我的瞎想，一開頭就知道了，但是我還是想說：不要、不要、我不要，我不想「一息尚存」，其他什麼也沒有。

每次從樓下按摩椅旁走過，就會被古奶奶叫住：「喂，妳來妳來！」很多人都被她煩到受不了，但是我又覺得拒絕不了失智的她，只好靠近前去，聽她千篇一律的話：「我怎麼辦呢？我就這樣坐在這裡等吃飯嗎？」「是的。」我回答。

「我可以在這裡吃飯嗎？吃飯

是要錢的，我女兒有沒有幫我繳錢哪！」「有，妳女兒把一切都辦好了，妳只管放心地住，到時候去餐廳吃飯。」

「妳怎麼知道的？」

「我當然知道呀。」我說：「妳女兒很乖，早就幫妳把所有的手續都辦好了，妳可以放心地吃喝。」

有時候對話就這樣了，但有時候不然，她還要抓住人談話：「喂喂，吃飯在哪裡呀？」

「在餐廳呀。」

「餐廳在哪兒呀？」

「就在那裡，喏，那一間。」

「我拜託妳好不好？等一下妳帶我去餐廳吃飯好不好？」

「好，好，好。」我只想甩開她，便一疊聲地應了。反正到時候，我進餐廳的時候她早就坐在她的位子上了。

晚飯後，稍作休息，六點三十分，我得到六樓的交誼廳去，那裡有六一八房的李醫師、六一九房的周老師在等我，李醫師已經九十八歲了，周老師則是九十一歲。很久以前，我和周老師很談得來，後來她眼睛黃斑部病變，漸漸看不清事物，讓我聯想起青光眼失明的母親，便有了「陪她」的念頭，她很好心，在李醫師剛搬過來時，百般照顧李醫師，因此，她們兩人便時時結伴坐在交誼廳裡。

我要去陪周老師，也不得不陪陪李醫師。

李醫師有時正常，有時失常，失常時怪點子很多。一會兒想去公園唱歌給人聽，讓人賞一點錢給她，一會兒想給市政府去信「告」她的養子，不盡反哺養育之恩，一下說要開記者會，讓她兒子的官位丟失，顏面盡無，一會兒說要義診，要去為人看病、看瘻痛之症。總之，如果沒有之前和周老師的交情，我是躲李醫師唯恐不及的，但是，為了周老師，事情就這樣繼續了，人家見到我們三人坐在一起，有歌聲有話聲，以為我有多麼偉大，犧牲自己時間去陪兩個孤老。

其實，真是一言難盡。

周老師已不是從前的周老師了，她可以在半小時內問同樣的問題六遍，要不是我轉移她的注意力，我就得聽十遍、十五遍……。

連九十八高齡的李醫師腦筋都比她清楚，說：「妳已經問我二十遍了。」

「有嗎？」周老師渾然不知，她笑容迎人地開始說話：「我哥哥好壞，把老師打到……」天哪，我以為是什麼新話題，結果是我已經聽了不下三十幾次的舊聞了。

李醫師有時候會說，「這麼老了，沒有用，可以走了。」

我內心是點頭贊成的。

李醫師曾說，她去找醫師，求醫師幫她打一針，讓她好好「睡」去。「醫生不肯哪，」她的破鑼嗓子驚人地宣告：「他說他會變成殺人犯。」

李醫師每晚唱著她會唱的十幾首歌，每晚一樣，每月一樣，每年一樣，若不是我在六點二十五分之前一直給自己加油：「要忍耐，要忍耐，要當作頭一次聽到的去聽。」不然，依我的個性，早就抽身離去，不再當那被強迫聽破歌的聽眾了。

啊，想到自己也要朝這一條路上走去，真是不安至極，我不要，我不要只有一息尚存，什麼能力都沒有，我希望能走、能思考、能正常。啊，不要不要一息尚存，太悲哀了，但是，這又豈是身為人類的我所能選擇的呢？

# 輯壹　如果有一個放心安老的家

日日美好・照護者心聲特輯❶

# 在未來的日子，我就交給你照顧了

◎吳彌暘（新北市政府績優照顧服務員）

長照機構在未來發展是不可或缺的部分，大型（百床）機構僅五年的時間就達到滿床，高齡化社會已經開始慢慢出現徵兆。目前許多機構一直在推廣機構家庭化，這是現下長照服務的趨勢，包括政府推廣長照2.0實現在地老化，從支持家庭、居家、社區到住宿式照顧，提供多元連續服務。其實都是以「家」為出發點來發展。

家，對於我們來說是一個起點、一種過程，一個終點、一種歸屬，其重要性不言而喻。機構在創造家庭式照顧服務上一直無法深得人心，從作者所觀察而寫下的一則一則故事中可以發現許多問題。

作者最後一段提到：「啊，不要不要一息尚存，太悲哀了，但是，這又豈是身為人類的我所能選擇的呢？」對於未來失能會受到的照顧情況充滿無奈，為什麼沒辦法放心地說：「啊，在未來的日子，我的生理、心理就交給你照顧了。」這就是現階段照顧上無法達到的「信任」，作者在看到機構的失能長輩後，對自己、對未來充滿不安、不信任感。

很多失智病患長年待在狹小的空間裡，一整天除了看電視、睡覺之外，只有短暫的活動時間；這樣呆板的生活，只會讓大腦更缺乏刺激，加速失智症的惡化。荷蘭有一個很有名的失智老人專屬社區「侯格威村」（De Hogeweyk），侯格威村中擁有餐廳、理髮店、雜貨店等設施，失智老人能夠自由地活動並享有和過去一樣的生活起居。在購物方面，很特殊地，沒有價格標籤，不論失智老人拿多少，晚上工作人員會再默默地將商品放回商場。很明顯這是針對人的「需求」去做的核心服務。

在台灣，安養院追求的卻不是人的需求了，而是照顧者工作的「效率」，這是無形之中因工作環境產生出來的。

「我想大便，可以帶我到廁所大便嗎？」「我很忙，你有包尿布，大下去就好。」但是，我們都忘了大便在尿布的不舒服感。

「不要綁我！不要綁我！」「不綁，跌倒的話，叫我們賠醫藥費嗎？」但是，我們都忘了被約束的不自由感。

「我的衣服不見了，我的錢不見了，我想回家。」「不要吵，我很忙，你去找別人。」我們漸漸漠視了長輩的需求。

跌倒的約束、失智的吃藥、失禁的尿布，慢慢成為安養院的SOP流程，照顧服務員不再以個案照顧為重，因為真正分配去陪伴每位長輩的時間不到一小時，而且加上轉型成房務人員、清潔人員、廚房助理、乾洗衣物工作人員，照顧服務員朝多技能發展，高工時耗盡體力，看到長輩沒有安靜地看電視就一個頭兩個大，深怕長輩出事跌倒骨頭斷了，三個月的薪水都賠不完。

照顧服務員漸漸開始漠視長輩的需求，只要求自己快速、安全、有效率地完成工作，每天能平安下班才是最重要的，忘記了服務的初衷。陪伴住民去想去的地方，陪伴住民做想做的事情，了解需求、解決問題，陪伴住民有尊嚴地走完後半輩子，那才是擔任照顧服務員的初衷。

不友善的工作環境造就了照顧服務員的工作艱難，直接影響了照顧品質，機構成了只是讓住民活著的地方，依照馬斯洛理論，其實只達到生理需求而已，安全、社交、尊重、自我實現依然很難滿足，這也是「家」不完整的原因。

從經驗、錯誤中學習、改進，「自立支援」，零約束、零尿布、零臥床，以人為本的照顧模式漸漸受到推廣。照顧者以被照顧者的身心靈作為第一考量，捨棄本位主義，拒絕追求效率，配合住民生活步調，慢下腳步去觀察住民的需求，降低失能、自立生活。看到長輩能脫離約束，回歸生活，那樣的進步才是擔任照顧服務員這職位的意義所在。住民的「安居」與照顧者的「樂業」，簡單的四個字念起來遙不可及，但這也是我們一直在追尋的目標。

輯貳

# 作夥過生活的順勢眉角

# 老來的朋友

偶爾有人會提起你的家鄉，說那是個好地方，他去過，然後也許有人轉了話題，說最近血壓控制得不好等等，不一定會有人回應，但大家都習以為常。

每天午後，都會有一小群老人坐在大廳裡，有的喝茶、有的喝水，有時說說話、有時沉默著，但，總有一股暖流在他們之間流動。

這是老了住到養老院之後結交的新朋友，他們之間，可以說是無話不談，你可以說你是哪一省人，你過去做什麼，你可以說很多，可是不要期望有多少的反應。

偶爾有人會提起你的家鄉，說那是個好地方，他去過，然後也許有人轉了話題，說最近血壓控制得不好等等，不一定會有人回應，但大家都習以為常。有個公開的場合，可以讓你講話，抒發自己的想法，這就夠了，想要有真正的知音，那是很難的。

除了午後聊天的這些人，還有在別的活動上認識的朋友。比如唱卡拉ＯＫ，就會交到不少同好，大廳有一間音響中心，就是讓大夥兒去唱歌的，點的歌種類很多，有的是日文歌、有的是閩南語歌、有的是國語歌，當然都是老歌，人家唱的時候你鼓掌，你唱的時候別人也會為你鼓掌。都是有年紀的人了，還能唱歌，也唱得有板有眼，還唱得情意高亢，這樣子也就成了音樂上的朋友。

還有些人是教會的朋友，信基督的、信天主的、信佛的，都有他們各自禮拜的場所，大家平日即使不太往來，在聚會的場合都絕對是心靈上的朋友。

還有的就是牌友了，養老院有兩間麻將室，有四張牌桌，原來不認識的，在麻將室進進出出，也就認識了。如果偶爾缺了一腳，還會互相幫忙頂替，成了好牌友，講起牌經來，可有說不完的話了。

在餐廳進餐時，同桌的往往因為常常見面，問候的次數多了些，也就成了比較熟悉的朋友，感情上就會比較有濃度了。

除了這些之外，有些人是老死不肯與人交往的，也有人是別人避之唯恐不及的，這些人似乎在養老院裡沒有可以稱之為「朋友」的人了。

第一種是沒辦法結交朋友的，如添奶奶，她的身上乾淨俐落，臉上也總是帶著真誠的笑容，但是，在養老院裡似乎沒見過她有朋友。因為她一大早就出門去，到天色晚了才回院。她去的地方多半是行天宮，有時候是別的寺廟，也有時是跟「她的朋友相約」的，我遇過奶奶幾次，她嚴重重聽，完全聽不見我的口語，所以只有她說我聽的份。她的一切，似乎就這麼多了。她天天外出，右耳耳背嚴重，當然不可能在院裡交到新朋友，這也是無可奈何的事。

另外一種人，比我「資歷」深，別人在介紹他們時，就先給了我「先入為主」的觀念，「新人」如我，當然謹遵遠避的方法了。如人稱番婆的奶奶，大家都說她如何如何會罵人、每個人如何如何怕她等等，於是，即使在等車站牌遇到她，甚至在養老院內的電梯間偶遇，我第一個反應就是低下頭，視而不見，別人大概也是和我一樣，由懼生畏，對她不理不睬。她即使想表示好意，也沒法子，多年以後，我才知道這位奶奶其實是患有躁鬱症，沒服藥才會出現凶暴的現象，但是這麼多年下來，大家已經成習慣了，她也不會再有新的朋友了吧！

有位奶奶，因為太顧到自己，而不顧別人，人家給她的評語是「自私」、「太自私」，她有這樣的評語在身，我們當然也不敢貿然靠近，和她交什麼朋友了。

有的人是相處之後發覺合不來的，如賈奶奶，她喜歡大聲拜託人家，拜託幫她把推車放在哪裡，等一下又拜託「去推車裡把我的眼鏡給我」，或者是「給我一杯水」、「給我一張面紙」，如果我們一一照辦，她會更加有要求，讓你覺得她只是在「使用」別人。所以，後來靠她近一點的人都紛紛遠避開去，因為那種被指使的感覺實在不太好。

還有一種人，就算沒相處過，也會讓人退避三舍的，如秀奶奶，她一看就是身子弱、走不動的人，因此她都是緩緩移步進餐廳的。有一天，她在我的前方，緩緩移步時，有人靠近我並警告我，「別去攙她扶她，」為什麼？「因為她會把整個人靠妳身上。」警告我的奶奶說，「好重哦！她自己都不使力了，全身都靠著我。我後來再也不敢去扶她了。」這樣啊！那，我還是離秀奶奶遠一點吧！雖然我看起來比她壯一些，其實也還是老了，筋骨都不行了，要我接受另一個人的體重，太難了。於是，我也加入了這個行列，不跟她做朋友，免得心理身體都有壓力。

# 鏡中影

待人接物就像照鏡子，你如何對待人，人家也會以同等的態度來回報。

俗話說：「敬人者人恆敬之。」待人接物就像照鏡子，你如何對待人，人家也會以同等的態度來回報。所以，我認為臉上常掛著笑容，在人際往來上是一種基本修養。

來到養老院，我也是本此原則，同樓層的、不同樓層的，雖然不是很熟悉，打照面時，總是以微笑相迎，對方的爺爺、奶奶們，也總是以微笑相回報。

可是，我也有碰到一些例外，有一位同樓的爺爺，手中拄著拐杖，面上冷如冰霜，而且目中無人。第一次碰面的時候，我一如平常，送上一個微笑，爺爺裝作沒看到，昂首直往，我覺得有些受傷；第二次打照面的時候，有些猶豫，但還是展開笑容相迎，結果還是碰壁，我覺得有些奇怪。

「他是誰啊？」我問旁邊的人。

「他是一位退休的醫生。」他們回答我。

醫生又怎麼樣？我們這裡面住了好幾位退休的醫生，男的女的都有，又不是只有他一個。當然醫生是有其社會地位的，但有修養的醫生，待人才和氣哩。自從這件事情以後，我待人的原則有些修正，善意是互相的，那些把你當空氣的，你也不必理他，此後，我看到他，也當作沒這個人。不過，我很好奇，一個毫無人際互動的人，能夠生存下去嗎？他日子過得快樂嗎？不久，他搬走了，我也把他淡忘了。

同層樓的，還有一位奶奶，平時也很少和眾人互動，因此，大家遇到她，都不和她打招呼，也很少寒暄。但是，我看出她內心的寂寞，對她頗為同情，還是試著和她打招呼，她的回應只是淡淡的，我們的互動也止於如此。這位奶奶有個兒子，倒是三不五時到院中來看她，我和他曾在走道上碰面，我主動和他點頭，可是，卻踢到鐵板，他和他媽媽一樣，對人不理不睬，對我的善意沒有任何回應。我不知道，這是有樣學樣，或是他媽媽告訴他，這些人不值得理睬。

可是，事情也有例外。有一次，他遇到我們同樓的某奶奶，臉上立即堆滿笑容，一面打躬作揖，一面大聲問好，執禮甚恭，似乎變成了另外一個人。大家都知道，某奶奶是京劇名伶，知名度很高，打從本院開辦以來，她就是原始的住戶，她受尊敬是應該的。這時，我才知道，有些人待人接物，心中很明顯地放有一把秤，先把你放在秤上掂掂斤兩，值得交往的，他才放下身段。像我，只是養老院中的一個老奶奶，沒什麼大不了的，不理也罷。可是，每當我和他相遇的時候，我還是先釋出笑容，因為我看重他扮演著孝子的角色，我們同層樓中，常看到女兒來探望長輩的，但少出現兒子探母的鏡頭。

現在，我反問自己，我要修正我的待人原則嗎？因為，從小長輩都告誡我們，對人要和睦，我也奉行一輩子，覺得獲益匪淺。如今，到了這把年紀，接二連三地遇到冷面孔，覺得有些啼笑不得。但是，我的個性是傾向於以笑臉迎人，雖然有時會吃些虧，那又何妨？

# 推車人生

因為推車的人不少，所以每天總有一些不快在進出電梯的時候發生……

我們院裡住了百來人，推著助行車的老人總有十分之一、二，他們都是腿有問題或腰有問題的。

電梯的容載量上限標示是八個人，但是如果推車進來，三臺車、三個人，再加上一、二個人，就會感到轉身不便、進出困難了。進來時還好，糟的是出電梯。要出去的人嚷著：「讓我過去，我要出去。」前面的人即使側了身，後面的人還是出不來，因為前車擋住了後車，前面的人又不會動腦筋，先把自己的車推出去，好讓後面的人車出來。

於是經常有「卡」車的情形，弄得大家都不愉快，要出來的人高嚷：「二樓、二樓到了，讓我出去。」前面的人行動本來就不便，他不想推出去再推進來，白白浪費體力，有時就會有怨言出來：「你要先出去，就要慢進來啊，你搶著進來，現在擠在最裡面，怎麼出得去嘛？」出不來的人也惱羞成怒：「你不會讓一讓啊？」這種時候，只好靠勸說了，有時候是門外的人幫忙拉一把，把第一臺車慢慢引出來，後面的人車才能勉強著出來。

因為推車的人不少，所以每天總有一些不快在進出電梯的時候發生，尤其是用餐、運動，或者表演的時候，那些爭吵更不可避免了。

當然，也有謙讓的人，譬如二樓的劉奶奶，她是很早到電梯口的，但是電梯來了，大家爭著進去，有時候她反而進不去了。看不過去時，我會攔住要擠進去的人，對劉奶奶說：「您先進吧！」可是劉奶奶太客氣了，她說：「我在二樓，一下子就到了，讓他們先進去吧！」這麼一客氣，那些耳朵不太好，對情勢也搞不太清楚的老人家，就爭先恐後地進去了，塞不進去的人才無奈地等下一班，或等隔壁那一部電梯。

我有時候會替劉奶奶抱不平，但她總是笑笑地說：「沒關係的，讓他們先去，我很近的。」不只一次看到劉奶奶的謙和，讓我由衷地欽佩她。如果每個人都能像她一樣明理、不爭著搶先，都肯為別人多想一點的話，那該有多好？

推了助行車，並不一定會比一般人走得快，就是因為走路有問題，才需要借助助行車的四個輪子。像三樓的樂爺爺，他患的是帕金森氏症，就算是推著車子，也要抖上好一會兒才能伸出一邊腳，然後又是好一會兒才是另一隻腳，等他進電梯，總要半分鐘左右，大家都只能耐著心等他，因為他一急，手腳更不聽指揮了。所以，總是有溫暖的聲音說：「慢慢來，慢慢來。」

有一次，看到電梯門開了，我高興地向後面的樂爺爺招招手：「快來！快來！」「慢慢來，慢慢走。」一個聲音糾正我：「不能快，他快不來的。」被這麼一說，我才意會到自己有語病，我是太高興了，所以邀樂爺爺「快來」的，我哪會不知道他的力不從心呢？

當然，除了一些特別急躁的人，一般老人都很遵守秩序，也不多言語。推車和推車之間還有空隙時，都還會讓一讓，把身子往內縮一縮，好讓後來者進來。

除了進出電梯比較有問題外，推著車的爺爺、奶奶還是很快樂的，他們有時把車放在一旁，坐在大廳聊天，大聲說著自己經歷的過去，也有人推車到門外，在寬闊的庭院裡走動走動，順便曬曬太陽，看看園裡的花草。推車的長者如果累了，可以把車煞住，轉過身來坐到車椅上休息，休息夠了再起來走動。推助行車在這裡是很方便的、無遠弗屆的，不過，只限於院中，院外有各種車，馬路也未必平坦。

所以還是在「家」中到處逛逛吧！

# 習慣了

我一邊為那位唉唉叫的爺爺慶幸，有這麼個好鄰居，會在他的唉聲中聽出不同，一邊取笑他：「喂，你聽慣了他的聲音，如果哪天他不唉了，你可能會睡不著噢。」

有不少爺爺、奶奶清晨就出門去了，用早餐之前不久才會回來。

我問一位奶奶：「去哪裡？」

「去走走唄。」她說：「早上空氣好，一路上沒什麼人，我四點半就起來了，不出去能做什麼？」

問她：「跟他們一起嗎？」我指指她身後陸續回來的爺爺。

「沒有，大家都是各走各的，不過時間都差不多就是了。」

這個習慣真好，可惜我起不來，沒辦法像他們那樣享受清晨的美好時光，只好退而求其次，在傍晚的時間出去走走，走半個小時，看落日、看晚霞，順便到大街上買點用品回來，這也算是我的習慣了。

金爺爺愛爬山，但是他爬的山都離這裡很遠，是要搭兩趟公車才能到的地方，雖然他一直誇說那邊的風景多好多美，可是我們都不為所動。

「太遠了。」云說。

「時間都花在坐車上了。」羽說。

對於金爺爺每次去那麼遠爬據說很美的山，我們並不羨慕，也不以為奇，那是他的習慣，和我們不同。

但是，有一件事情，我聽了之後，可是一直笑個不停又轉述給別人聽的。那就是金爺爺隔壁住了一個唉唉叫的爺爺。

「每天都唉唉叫，沒有一天不唉的。」他告訴我，語氣很平淡。

「那你怎麼受得了？」

「習慣了，哪天不唉，可能會覺得怪怪的呢！」

有一天，看他往護理室去，大聲叫喚護士：「今天唉的聲音不一樣噢，大概很不舒服了，請你快去看看。」

我一邊為那位唉唉叫的爺爺慶幸，有這麼個好鄰居，會在他的唉聲中聽出不同，一邊取笑他：「喂，你聽慣了他的聲音，如果哪天他不唉了，你可能會睡不著噢。」

那可真是奇怪的習慣。不是嗎？當然各人有各人的習慣，沒有人是絕對相同的，有人嗜鹹、有人愛甜，無可厚非，各取所需而已。

但有一種人我真的受不了，例如銓的習慣是一上牌桌就念念叨叨，講自己的女兒多棒多棒，現在是華府ＸＸ團的人，她的洋女婿又是如何如何傑出，更有甚者，她的「小洋人」孫女是如何如何可愛；有時候她講年輕時的自己，如何如何辛苦，如何如何把弟妹一一拉拔長大，所以現在弟妹們沒有一個不聽她的話，因為是她代替父母把他們帶大……。這種話，聽一次、兩次還可以，每週聽一次就快瘋了，何況一週還不只一次呢！

這是她的習慣、她的快樂，但卻是別人的痛苦。在養老院，我也漸漸習慣了一些從前不會習慣的事。

譬如，有個中等個兒的奶奶，她慌慌張張地從電梯出來，一邊嚷著：「我還沒吃飯呢！」

第一次遇到時，我和她一樣慌張：「怎麼？妳睡過頭了？」我趕緊帶她到櫃臺前：「怎麼辦？她沒吃飯！」

見怪不怪的工作人員很鎮定，告訴她說：「奶奶，妳吃過了。」

「我吃過了？」一臉的不信、疑惑。

「吃過了。」回答的人很篤定：「我走過妳的餐桌，有點到妳的名，妳吃過了。」

「我吃過了？」雖然一臉存疑的樣子，可是她還是乖乖進了電梯。只是，過了不久，她又竄出來了：「我還沒吃飯，怎麼辦？」

工作人員向我示意地敲了敲太陽穴，表示奶奶總是弄不清楚自己用過餐沒有。

後來我也漸漸習慣了，如果有人說她沒吃飯、忘了吃飯，我都不會跟著慌張了。

原來，很多事情是可以漸漸習慣的。

# 避嫌

當忘性大的老人家，突然想起他曾有的寶石、鑽戒或真金耳環時，曾經進入他房間的人，可就百口莫辯了。

那一晚，突然間從溫阿姨的房裡傳出呼救聲，我和同樓的兩位二十四小時的看護同時衝進了她的房間，原來，駝了背的溫阿姨跌坐在地上，爬不起來，我們七手八腳地把她從地上扶起來，又好不容易把她安置在她的座椅裡。

護士也趕來了，她要了解狀況，是怎麼跌倒的？現在頭還昏嗎？然後她拿起血壓計、溫度計，替阿姨測量。

阿姨驚魂甫定，才告訴我們說，她不知道怎麼回事，突然一陣暈眩，就跌倒了，還好在將跌未跌的時候自己發出了驚呼聲，才讓我們三個人及時衝進去救人。

錢護士說：「奶奶，妳還知道拉緊急鈴噢！這很重要哦。」

阿姨說，她沒有按鈴，那麼，是誰按了鈴呢？

「我啦。」隔壁房請的看護說：「我看奶奶跌倒，幫她按的鈴。」

後來，錢護士告訴大家沒事了，她會陪奶奶一陣子，等她心情恢復平靜再離開，所以我們就各自回自己的房間去了。那是晚上七點的事。

第二天，我經過阿姨門前，聽見她說話的聲音，就敲敲門走了進去。跟她說話的是她的小兒子，我們常在走廊遇見，所以認識。

小兒子說：「謝謝阿姨，昨天還好有你們來幫忙。」

「阿姨沒事就好。」我說了這句話，阿姨卻神色詭異地向我招招手。

怎麼了？

我把臉靠近，聽到阿姨家鄉口音濃重的聲音在我耳邊輕輕說：「我的東西不見了。」

「嗄？」我驚呆了，這是什麼跟什麼呀！

「東西不見了？」我像鸚鵡學舌，重複她的話。

「我的一個戒指不見了。昨天那兩個人是誰？」

天哪，難不成救人的趁亂偷了她的戒指，問她戒指放在哪裡，她拉我到床前的矮几邊，說，「我都放在這個瓶子旁邊。」

我慌亂地幫她把矮几上的東西整理了一下，怎麼回事？真有人這麼做？趁大家亂成一團時偷拿了戒指這種貴重的東西？

她的小兒子說，「這裡都找過，沒有。」地上呢？我又東張西望。

「都找過了，也沒有。」

這可不妙，我心裡不禁怨怪起溫阿姨來，怎麼戒指不戴在手上，要放在這麼顯眼的地方呢？

這下樓層裡的三個人都有嫌疑了，我也不能例外呀！運氣真不好，好心沒好報嘛。

懊惱了兩、三天，還好，戒指找到了，她的小兒子說掉在瓶子下方的地上，找了好久才找到的。

「我原本放在這裡的，怎麼會掉下去了呢？」阿姨無辜地張著少了兩顆牙的嘴笑了。

幸好、幸好，我一邊祝賀著他們，一邊暗地裡下了決心：「以後有任何事，都不要進老人家的房間。」免得丟了東西，弄得大家都不安，又不好怪罪老人家，也不好怪進屋的好心人。

當忘性大的老人家，突然想起他曾有的寶石、鑽戒或真金耳環時，曾經進入他房間的人，可就百口莫辯了。

所以所以，我一定不要亂進別人房間了，我提醒自己。

決心是下了，然而不曉得當另一間房裡傳出驚呼聲時，我真的會聞聲不動嗎？

# 鬧鐘奇緣

蔡奶奶住的房間跟我最近，她又喜歡煮些東西，常常就把煮好的蓮子湯或雞爪濃湯端到我房裡來。

她入住的時候，應該是下午，兒子幫著她把一切整理好。

第二天早上，她房裡的鬧鐘大響，把我從睡夢中吵醒，尖銳的鈴鈴聲，一聲接一聲，吵得我睡意全無，鈴鈴鈴，鈴……鈴，不但是睡意全無，還火了起來，這新搬來的奶奶真煩人，鬧鐘把別人吵醒，她自己卻若無其事？

不管她是新搬來的鄰居，也不管她是不是昨天忙累了一天，才睡得那麼沉，我氣沖沖地出房門，去敲她的門。

鬧鐘那麼響，吵死人了！我打算這麼兇她。

可是門沒有開，房內鬧鐘依然刺耳地喧鬧著。

氣憤的我回到房裡，撥她電話，這個人太可惡了，自己不起床，拿鬧鐘吵鄰居？

總算有人接電話了，「喂！」

「妳的鬧鐘一直響！」我氣憤地朝她吼叫。

「什麼？妳說什麼？」

最後總算聽懂了我的話，她道歉著，這才關了鬧鐘。

早餐時分，我看到她房裡有人走出來了，是昨天幫她搬家的兒子。怒氣還沒消的我很沒好氣地擋住他：「不要幫她弄鬧鐘好不好？吵人家，她自己又沒聽見！」皮膚白皙、態度平和的兒子，大概從來沒被人責怪過，被我一罵，愣了沒一秒，馬上變了臉兇我：「是她自己弄的，又不是我。」

這是我和蔡奶奶認識的開始。

她耳朵有重聽，但是笑容很熱情，我說她的鬧鐘吵了我，她馬上連聲道歉，而且，從此以後，再也沒聽到她的鬧鐘聲了。

後來比較有交集，是在走廊上散步的時候，走廊很長，她走過來，我走過去，總是常碰到面。她總是笑容滿面，但是我們談話總是不投緣。我說：「早，昨天妳很晚睡，是嗎？」她說：「對，今天有太陽，天氣真好。」後來，雞同鴨講了一陣子，也慢慢熟了，知道她的兩個兒子都很孝順，尤其是大兒子，就是幫她搬來養老院的斯文兒子。

「我每三個月要回診，他都飛回來陪我，我從來沒有自己一個人去醫院過……。」

久了，她又告訴我，她心臟左上方裝了有心跳的調節器，十年要換一次，現在在她心上方的已經用了八年半了。

有時候遇到她，她會突然轉身回去，一邊走一邊大聲說：「我忘了帶耳朵了。」原來她因為重聽而配了助聽器，有時忘了戴，就完全不知道別人在說什麼了。

後來，我慢慢知道她是很聰明的學生，高中讀的是北一女，可是聽到這些，她都會不好意思地說：「那是過去的事，現在記性差很多了。」

院裡開班讓我教手語，她也參加了，她常常笑嘻嘻地說：「我覺得手語很好玩，很有意思。」一、兩年後院方沒經費了，手語班因此停開，可是好幾個奶奶學員一再地要求繼續學習，認為不練習，很快會忘光。拗不過她們的意思，我們手語班就繼續每週五上一小時的課，溫故而知新。

不好意思的是，很多學員好像真的把我當成「老師」了，見了面，又鞠躬、又哈腰的，蔡奶奶住的房間跟我最近，她又喜歡煮些東西，常常就把煮好的蓮子湯或雞爪濃湯端到我房裡來。那是我推也推不掉的，她常說：「妳是老師，我煮點湯敬老師是應該的。」

不公平的是，她有東西給我，我一定得收，我若送她什麼，她堅決推回，而且回我說：「我的冰箱比妳大，我的東西比妳多，妳有的我都有。」一如果不了解她的為人，還以為她很驕傲，其實她只是客氣不肯收而已。

她住進來已經五年了，我們由原先的陌生而成了好鄰居、好朋友，她若有事回家不能來上手語課，還會提早通知我，嘴裡一直說著抱歉。

想想，如果沒有入住養老院，我們怎麼可能結緣？這緣分真是奇妙，從鬧鐘結緣，我怪罪她兒子，她兒子也很氣我的口氣。如今，我不但和他母親常相往來，我也跟他要了電話，如果蔡奶奶回家太久，我就要循線追蹤她，讓她知道我在想她。

# 懷念的麵疙瘩

他又問：「麵疙瘩怎麼樣？」哇！ 我最愛了，他很高興地說：「明天早上六點來我七樓廚房，帶餐具來。」

我進養老院時，他應該已經住一陣子了，本來我們不會有交集，因為他住七樓，而我住六樓。

後來院裡的戴奶奶開班授課，她是國劇界有名的武旦。許多人都仰慕她的名來上課，他也是其中之一，就坐在我的後面，所以我們認識了，但只是見了面打個招呼的認識。

爺爺個子不高，臉方方的，脾氣好得幾乎都寫在臉上，見了人總是笑咪咪的。

後來我聽人家說，他是「躲」

進養老院的。原來有個外籍女人要嫁給他，可能是他不想娶吧！詳細情形沒人跟我提過，只說他是為了躲那個老婆而住進來的。這種事是真是假，很難取證，但看他一臉善良，又覺得傳言大有可能，也許他不想娶，她非要嫁，他無法應對只好躲了起來。這件事情我從來不敢問他，十年下來，在我心裡一直是個懸案。

不久，我們因上課而熟悉了起來，我才知道他原來是開館子的，做麵做包子都很拿手，他問我，「愛吃包子嗎？」我不喜歡包子，但是我愛吃饅頭。他又問：「麵疙瘩怎麼樣？」哇！我最愛了，他很高興地說：「明天早上六點來我七樓廚房，帶餐具來。」

之後，我便時時到七樓去盛一大碗麵疙瘩湯，有時還附送韭菜盒子，有時還有他自己滷的雞翅、滷蛋……，他說他滷了一整鍋，怎麼吃得完呢？他笑笑：「我叫我女兒來拿回去吃。」

我就這樣白吃白喝了有大半年，自己又不會做什麼料理，後來愈吃愈不是味道，他又不肯收我送的東西，真是不知道怎麼辦是好。

後來知道他是劇迷，有票時我會分他兩張，有演出消息我也會告訴他，除此之外，無以回報我的謝意了。

時間在不知不覺間過去，他不再做麵疙瘩了，他瘦了下來，身體也佝僂了，只有臉上笑咪咪的樣子沒變，整個人都縮小了。再來，竟在餐廳看到他了，可見他已經做不動了，需要來打菜了。

「吃得慣嗎？」我記得以前他是吃不慣的。

他細細的眼依然笑得瞇成兩條縫：「吃不慣也得慣呀！」

有天早晨我下去，就看見他已用過餐，向養老院外面走去。

「怎麼那麼早就吃完了？」

「嘿嘿，我排第一嘛。」後來才知道，他每天每餐都是第一位，從來不曾晚到過。現在他用過餐了，怎麼又向院外走去呢？

「去買一份報紙。」他說。

到外面去買嗎？何不自己訂一份！每天都有人幫你送到房間的。

「不用。」他瞇著眼笑著：「我天天出去，到便利商店買一份，完全沒有事做也不行，還是要動嘛。」

原來他是故意強迫自己出去走動的，真是有毅力、有想法的老好人哪。

後來，很久一段時間沒見到他，驚覺時一問，才知道他已經遷到養護那邊去了。我過去看他，樣子沒什麼變，只是大熱天穿著棉背心，講話要靠近耳邊大聲說，因為他聽不到了。

為什麼會搬到養護這邊來呢？我也問不出個結果來，問他，「牙還咬得動嗎？」他說：「可以，是假牙。」

「眼睛看字還行嗎？」他說：「看不清了。」

本來還想說書出版後送他一本的，這下恐怕也送不出去了。

四個床位的房間裡，只有他一個人踟躕在床邊，其他的床位都是空的，應該是被輪椅給推出去了，看來，他還是當中較為健康的一位了。

他自己說：「吃了睡，睡了吃。」我說：「還是要多走動啊。」可是，看到依附床邊的他，想想，那只是勸人的一句話，真正做起來，對於漸漸衰老的老人家來說，真是不容易呀。

下次，我該帶什麼去看他呢？回來的路上，我流著淚想。

# 同步黃昏

安養院的老人們，多已失伴，有緣再結，同步黃昏，自當珍惜；有幸兩老雙全，更應彼此扶持。

剛開始，完全不曾覺察到，張奶奶和李爺爺之間有什麼關連。只是常在書法課或詩詞課上碰到而已，下課的時候，兩人常一面聊著一面步出教室，我只覺得這兩位老人家真是好學，讓人敬佩。

忽然有一天，正在餐廳用餐，張奶奶走到李爺爺桌前，疾言厲色地撂下一句話：「你這樣是會鬧出人命的哦！」聲音很大，我們都聽到了。大家紛紛議論：「怎麼了？」「什麼意思？」經過一番查詢，住戶們透露，原來兩位老人家出雙入對已經很久，兩人都表白了彼此的愛意，常常一整天都在對方的房間歇息。駑鈍的我，這才意識到，愛情是沒有年齡界限的，十七、八歲如此，七老八十也不例外。

事情發展是這樣的：李爺爺鄰室新入住一對夫婦，先生已九十開外，太太才七十歲出頭，他們是美國歸僑，見到鄰居，禮貌上會相擁一下，並說聲「love you」。這事看在張奶奶的眼裡，可不得了！她怎麼可以抱我的男人，還偷偷用洋文說：「愛你！」她要爺爺不要接受「年輕」女士的擁抱，並請她不要說愛你。李爺爺當年也是留美學生，覺得這只是一般的禮貌，開了口會愈描愈黑，就置之不理。這對老伴，因此天天齟齬，奶奶鬧著要自殺，並當眾撂下狠話。我看了心中很不忍，十分同情張奶奶，勸慰她一番，她傷心欲絕地說：「要不是他當初一再表示，要跟我共度人生的黃昏，我一個單純的家庭主婦，平平靜靜過日子，何苦淌這渾水？」後來，李爺爺自覺百無聊賴，遷居到另一家安養院，而張奶奶不久也離開本院，結局如何，不得而知。

另有一對日暮情侶，奶奶個兒小巧，爺爺身材魁梧，兩人在一起，如同小鳥依人。爺爺不慎出現小中風，行動有些遲緩，奶奶日日殷勤照料，幫他打理吃的穿的，終於慢慢康復。他倆行動可以自如之後，經常攜手進進出出，一同等公車，一同逛市場，看他倆在車上打情罵俏，似乎永遠有說不完的話語。人與人相處真是要靠緣分，投緣的人在一起，拆也拆不開，真是天賜良緣，令人羡慕。

還有一對老夫婦，兩人都從教育界退休。當我認識他們的時候，太太已有失智現象，她不太理會人，先生會指導她與人應對：「這是XX，問好啊！」老太太有時會問聲好，有時則置若罔聞，他則忙不迭向來人道歉。常見他攙扶著老太太，上樓下樓、進出餐廳，上下公車、進出醫院，好像一對連體嬰。老先生無微不至地照顧太太，倘若他不在了，老太太能活得下去嗎？想到這裡，不禁暗暗替他倆禱告，上蒼定要保佑他倆平安走完人生的道路。

天下事常有兩個面向，我也看到有一對夫婦，自入住那天開始，一直爭吵不休，先生身體不好，每週要到醫院洗腎三次，太太沒有很照顧他，冷言冷語，更使先生情緒不快，他倆似乎沒一件事意見一致，吵得鄰近的幾位住戶都受不了！我很想研究他們爭吵的原因，我想年輕時他們不會是這樣的，可能人到老了，心理上某些變化，以致彼此適應不良。

安養院的老人們，多已失伴，有緣再結，同步黃昏，自當珍惜；有幸兩老雙全，更應彼此扶持。

# 他的變化

原本只有他一個人坐的餐桌，慢慢地增加了三位爺爺，坐滿了人，開始熱鬧了起來。不，熱鬧的是別人，不是他，他還是慢條斯理地洗他的菜，跟別人沒有太大的互動。

認識他也有七、八年了，剛開始，只知道他很會走路，常常出去搭公車，那時他已經快九十歲了，但卻不需要拐杖，獨來獨往，住在養老院的每一天都會外出。

談起他來，大家都很佩服，但是要說誰跟他比較熟，幾乎是沒有。他不找人說話，也不太搭理人家，久了，大家也習慣了。

他的胃口很好，每餐都會把各種菜吃光，外加一碗米飯、一碗麵。和別人不一樣的是，他會帶一個不鏽鋼的杯子，把它裝滿了熱開水，放在餐桌上，那是做什麼用的呢？你只要注意看一次就明白了，那是燙洗油水用的，每道菜，他都要夾起來放到杯子裡晃晃弄弄，再放進嘴裡。

我也很怕油、怕鹹，可是我沒他勤快。我把菜、肉放進菜湯裡甩一甩就進肚了。王奶奶一旁看了，直笑我，要我學人家用熱水，但是我懶，一次也做不到。

他是每餐必然如此的，熱水杯從樓上帶下來，慢慢地走到大廳的飲水機旁，接了夠用的熱水，再緩緩走向餐廳，走向他的餐桌，每天如此、每餐如此，難怪他的身體沒什麼毛病，九十多歲了，年年如一日。

原本只有他一個人坐的餐桌，慢慢地增加了三位爺爺，坐滿了人，開始熱鬧了起來。不，熱鬧的是別人，不是他，他還是慢條斯理地洗他的菜，跟別人沒有太大的互動。

大家都很尊重他，畢竟，九十好幾了，誰也沒有把握自己到時候也能像他這樣一切自理，而且永遠有恆地帶著水杯，有恆地注重著自己的健康。

但是，事情終於有了變化。

有兩、三個奶奶提起他：「身上很臭，好像很久沒洗澡。」她們不想跟他同搭電梯，有時不得已碰到了，只好閉氣不呼吸。然後，他不是他了，呆坐、譫語，天冷還是穿著內衣內褲蜷坐在房裡。

人家去找他上教會，到他房裡，問他：「是何爺爺嗎？是何基龍爺爺嗎？」

他搖頭，「不是。」

後來院方怎麼把他送醫院的，回來後怎麼請了個看護的，我們都不得而知。只知道有人照顧他了，他身上沒有臭味了，我們放心了不少。但是，我們這才開始了解他。

有一天，他的看護生氣地大嚷起來，我們才知道了一點點他的怪癖。

「他不讓我跟別的爺爺講話。」

「他不許我趁他不在的時候在巷道裡散步，他說不能離開他的身邊……。」

看護在生氣大罵的時候，他並沒有什麼反應，就像我們認識的他，平靜、沒有聲音。

後來，看護又鬧開了。她說：「廚房工人阿俞開玩笑打了我一下，我也回他一下。這樣子不行喔，爺爺生氣得不得了，是怎樣啦，開玩笑也不行哦！阿俞的年齡都可以做我女婿了！」

大家又是同情又是好笑。

「我又不是他老婆！」看護氣得嚷嚷，「他這也管那也管！我是你的看護，不是你的老婆！」

到底他怎麼了？失智了？變笨了？

「他才沒有變笨呢！」又是看護洩露的祕密，「他有一千萬財產，他開了好多張支票。」做什麼？「到時候，他女兒付我的費用啊。他頭腦才沒有變笨呢！」

那天，無意中遇到曾經跟他同桌的沈爺爺，話題不知怎地轉到何爺爺的身上，我問沈爺爺，「知道這個情況嗎？」

沈爺爺的話更讓我驚訝，他不知道看護什麼的，他說：「我在信義路看到他，正要過馬路，我趕緊過去扶他，妳猜他怎麼著？」我猜不出來，沈爺爺才說：「他不理我，還給我一個拐子。」「他的皮包裡到底有幾百萬？怕我靠近去搶劫他？」沈爺爺一臉的不解，他又說，另外一個同桌姓羅的爺爺，也被他拐一下，「好像人家靠近他都是要搶錢似的。」

這些事都發生在外頭，回來後他怎麼說？

「我問了他。」沈爺爺說：「他沒事似的，也沒回答我……。」我們一齊搖頭，心裡大概都在轉同一個念頭，「以後，希望自己不會變成這樣……。」

# 父親和「老人心理學」

父親一定是被母親怪異的行為煩怕了，又弄不懂母親為什麼會變成這樣，才求助於《老人心理學》這本書吧！

我在父親的電視機前發現這本《老人心理學》。我想，父親一定是被母親怪異的行為煩怕了，又弄不懂母親為什麼會變成這樣，才求助於《老人心理學》這本書吧！

那一年，父親和母親都已八十多歲。母親所有怪異的行為都針對著父親而來，但是總是會波及到我。因為我是她訴苦的唯一對象，是她唯一的女兒，和她一起走過天搖地動，和她相依為命至今的人，她真正相信的人也只有我。

她經常生氣地來告狀：「我的

新衣服不見了，又是他拿走了。」

「他」，指的是我爸。

「他拿妳的衣服幹什麼？」我知道她疑心病又犯了，但我只能裝不知道。

「妳不知道，他又拿去送那個女人了。」

母親多年來懷疑父親外面有女人，還言之鑿鑿地說：「那個女人開家雜貨舖，她為妳爸生了個兒子。」

怎麼可能嘛？父親罹患帕金森氏症已有三、四年，他每天只有傍晚外出，而且這是為了醫囑而做的「運動」。

但是母親不以為然，少了一隻眼睛的母親，僅存的另一隻眼也視力減退，只有光暗的分別，也許因為這樣，她懷疑丈夫，認為丈夫移愛別的女人，而且，只生一個女兒的她一直認為父親心底在怪罪她不會生兒子，所以更想像出「那個女人」生了兒子，彌補了父親的遺憾。

她每次這麼說時，我當然為父親辯護，「幾十歲了，還會生孩子？」

「妳不知道，也許很早就生了。」母親是真正這麼相信的，所以，她的衣服老是短少，「都是拿給那個女的了。」

其實，母親的衣服，我都是在一家老店買的，那是專門做老人衣服的店，談不上款式、談不上美觀，只是布料舒服，適合老人家穿而已。要說衣服不見了，有人拿去，那可好笑了，誰要這種衣服？

但是母親堅持父親偷了她的衣服，為了討那女人歡心，送給她了。這種時候，父親當然很生氣，他沒有這麼做啊。但是母親的火氣更大，她丟了衣服，是女兒送給她的生日禮物。

我們三個人都很生氣，我生氣則是因為我數過所有的衣服，都在呀！沒有少呀！我生氣母親找麻煩，找父親麻煩、找我麻煩，「衣服沒有少，妳怎麼說？」「這件不是我的。」她又委屈又生氣：

「我的是新的，他拿去換了舊的給我。」這真是有口難辯，明明是我才買的，現在她卻說是別人的舊衣，父親僵在一旁，除了嘆氣，只有搖頭。

這種事一再重複，弄得我也火大，最後決定，把母親的抽屜鎖起來，這樣總沒事了吧！鑰匙只有一把，只歸母親保管，這樣總OK了吧！

是的，好了一陣子，但不時還是會生氣：「他偷開了抽屜，拿走我最舒服的一件衣服給那個女的了。」這種話說得一點常識都沒有，只有惹我更生氣，「只有妳有辦法開鎖，父親哪有辦法拿？」她沉默了一會兒，喃喃地說：「不曉得他用什麼方法，但，我的衣服還是不見了。少了好多件噢！」

這樣的母親，怎麼叫人理解？難怪父親要讀《老人心理學》，想弄清楚一二了。

後來更糟的情況是，母親找不到口袋裡的鑰匙了，但是她不能沒有衣服更換，只好打電話請鎖匠來開鎖，又重新配一支鑰匙給她。而後，一再找鎖匠開鎖，因為她一再地弄丟寶貝的鑰匙。

最後，是母親自己累了、煩了，她說不鎖抽屜了。「丟了就丟了吧！」

父親的《老人心理學》根本派不上用場，我也曾把書看一遍，但因為多是理論，離我們的事件太遠，沒有實例可以參考，所以我只翻一遍，就對它興趣缺缺了。

母親雖然時時生氣，但她對孫女們一直疼愛有加，對我的臭脾氣也都容忍下來，對我的愛從沒有減少過，這一點，不用看任何心理學的書，都是我能確定的事。

# 短暫的相遇

梅奶奶來這裡有五個月左右，石爺爺才四個月，他們看起來都不像病人，怎的，就不再露面了呢？

我到樓下社工家，向他們要一份最新的住戶名單，因為，有很多陌生的面孔是我不認識的，我想知道一下他們。

名單很快地印出來了，遞到我手上時還是熱呼呼的。我一樓一樓看下去，什麼？我認得的人變少了？

那個最初在餐廳和我短暫坐同一桌吃飯的梅奶奶呢？怎麼名字不在上頭了呢？社工靠近我，小聲地說：「奶奶走了。」走了？我望向他，他指一指天上。

走了？我不曉得心裡什麼滋味，訝異？不捨？不信？其實都有。

我對她這個人並沒有很深的交情，甚至我根本不了解她，她是個瘦瘦的老太太，頭髮梳理得很整齊，聲音細細的，但是，話多了些。進餐的時候，餐後水果很多樣，有時是西瓜，有時是橘子，她常常示意我拿她的水果。

起初我不明白，就會說：「妳自己吃呀！為什麼不吃？」她用細細碎碎的聲音說，「我的胃不好，醫生說冷的水果不能吃。」如果我不肯收，她就會碎念起來，「我自細漢胃就不好，『冷』的東西一吃下去就會……卡早在厝也這樣……。」

為了怕她說不完的話，我只好把水果拿過來，放在我的餐盤裡，暫時打住她要繼續說下去的話。可是一有空檔，她又有話說了：「我好羨慕你們喏，什麼都可以吃，我一點冰的冷的都不行，年輕時候……。」

也許是她敘述得不夠精彩吧！我總是很怕聽她的絮叨，所以常常專心努力地扒著飯，很快地結束用餐。

如果硬要說我們有什麼交情的話，那就是飯桌上吃她的水果、聽她埋怨身體的話而已。

後來，她換了餐桌，還客氣地從餐廳那一頭特地走過來告訴我。「因為胃不好，不該吃涼掉的菜，所以工作人員把我的位子排到前頭去，以節省走到餐桌的路程……」等等。

她一向是客氣的，我的心裡卻一直是冷漠的。我怕一熱心，她的話又更多了，細細碎碎的話語一點都不好聽。

可是，她走了？怎麼回事？我一直以為她在自己的位子上的，怎麼了？「因為胃癌，她走了。」社工說。我心裡有些微的歉疚，她是真的不舒服，她是真的畏冷，我卻沒有把她的話當真。

我們相處多久？認識多久？只不過四、五個月吧！然而卻再也遇不到了，對不起啊，梅奶奶，我沒有認真聽妳說話，沒有把妳的話放心裡。

再順著樓層看下去，看到另一個空格，那是石老先生。

石爺爺個子矮小，瘦瘦的，他每天拄著一根拐杖，拐杖的底部是金屬的，所以他走出去走回來，都會發出「鏘鏘鏘」的聲音。他為人和氣，笑容真，大家對他都有好感。

有一次，我和先生在廊上散步，遇到了他，那時先生的腿特別不好，所以我們走得很慢。石爺爺問著先生的情況，很大方地說，「我可以教你腿部的運動，要做運動啊，我每天早上五點半就到院子裡做運動的。」

他的一番好意，我們只能心領，因為我們都睡到六點半才起床的，五點半起床對我們是根本不可能的事，但是，在心裡，我們還是感謝他的。

好久沒見他了，我趕緊問：「石爺爺搬回家了嗎？」他看起來動作俐落，應該是回家了吧。「他回去了。」社工輕聲說：「回天上的家了。」

拿著住戶名單，我愣呆了好一會兒，梅奶奶來這裡有五個月左右，石爺爺才四個月，他們看起來都不像病人，怎的，就不再露面了呢？

我們的認識就只這麼短嗎！

# 最後一段路，牽手憶起走

◎陳佩怡（愚人之友基金會社區照顧組組長）

由於醫療科技發達，全球人口平均餘命增加，而出生率下降，亦促使老化人口快速成長，我國六十五歲以上老人至民國一〇五年底已達百分之十二點八七，依照經建會推估，民國一〇六年老年人口比率將成長到百分之十四，進入「高齡社會」，到民國一一四年即可能達到百分之二十，而成為「超高齡社會」。因著人口老化，失智人口明顯增加，由台灣失智症協會網站資料估算，民國一〇六年七月台灣六十五歲以上老人約三百一十九萬兩千四百七十七人，輕微認知障礙

（MCI）人口約有五十八萬六千零六十八人，占百分之十八點三六；失智症人口約二十五萬三千五百一十一人，占百分之七點九四，亦等同於六十五歲以上的老人中，每十三人就有一位失智者，而八十歲以上的老人，則每五人就有一位失智者。

即便在醫療發達的今天，對於失智症形成原因尚無法得知與了解，且一旦罹患失智症，亦無法依賴藥物完全治癒。失智症並非單一病症，患者通常伴隨多種症狀結合，例如記憶力減退、認知混淆、定向感不佳、幻聽、妄想、注意力退化、判斷力不佳、計算能力減弱等等，初期不太容易察覺，甚至會誤認為老了才會如此，因而延誤就醫。因此在日常生活中，可以從飲食、運動、心智活動、參與社會互動以及維持健康體重著手預防。

有鑑於全球失智症人數不斷攀升，台灣對於失智症照護也愈來愈加重視，在社會福利服務方面，政府也推動多種服務來因應及滿足家屬與失智症患者的不同需求，例如居家照顧、巷弄長照站、日間照顧、失智據點、失智症共同照護中心、團體家屋等，民間單位中，例如瑞智學堂、慢性病自我管理工作坊、機構內的失智專區等也都是民眾可以多加了解跟運用的服務。

在政府以及民間單位所推行的失智症相關服務中，除了居家照顧外，其餘均採用了團體照顧的模式，鼓勵失智症患者能夠多多參與社區活動，保有人際互動與刺激，藉以減緩退化速度；雖然是團體照顧，但現在的照顧模式會保有個別需求，依據興趣、喜好、個性等規劃出不同的照顧，讓失智症患者能夠維持自尊與尊嚴。

當然，在團體生活中，必然會有摩擦產生，而要如何避免或化解摩擦，就考驗著照顧者的應變能力了。舉例來說，輝爺爺平常是個待人和善客氣、溫和有禮的長輩，但最近卻常出現面部脹紅、手握拳頭，甚至語帶威脅要向某人報仇，照顧者常常需要安撫，將輝爺爺帶離當下的環境才能緩和其情緒，經過觀察與了解以往工作經驗才發現，輝爺爺因為以前擔任十大建設的工頭，身上肩負著工程完工的壓力，一旦遇到天氣變化時，往往會使工程延宕而無法如期完工，久而久之在輝爺爺的生活中，天氣變化就成了影響情緒的主要原因，找到原因後，照顧者就可以依循輝爺爺的生活模式適時調整照顧方式，讓輝爺爺在團體生活中減少與他人產生摩擦的頻率。

蘭奶奶因為從未讀過書，連阿拉伯數字都不認得，進到團體生活中，常常因為忘記自己的鞋櫃在哪兒而到處翻箱倒櫃，引發眾怒連連，這也讓蘭奶奶變得更加退縮、不敢與他人互動，照顧者為了讓蘭奶奶能一眼就記得自己的鞋櫃，在鞋櫃上貼了蘭奶奶最喜歡的水果圖案，如此一來，蘭奶奶一看到水果圖案，就知道是自己的鞋櫃，不再發生開錯鞋櫃的情形，蘭奶奶在團體中逐漸展開笑顏，找回以往的自信。

黃奶奶是團體中最年長的長輩，深得團體的敬重，然而黃奶奶對他人防備心相當重，尤其面對新進長輩時，往往會因為看不慣其行為而大聲斥責動怒，照顧者知道黃奶奶是個相當有責任心的長輩，私底下向黃奶奶說明新進長輩的部分行為因為疾病而導致退化，無法自理，請黃奶奶多多照顧，自此之後，黃奶奶對新進長輩照顧有加，每天噓寒問暖、幫忙餵食飯菜，也會請團體成員多多擔待與包容，照顧者藉由黃奶奶的個性，賦予了黃奶奶任務，除了讓黃奶奶在團體中找到自我價值感，進而透過自身力量影響團體包容新進長輩，也讓新進長輩在團體中能及早適應、熟悉團體生活。

接觸了不同期程的失智症長輩，深深體會到，不管長輩失智程度在何種時期，還是需要我們給予關心、包容以及尊重，或許他們在部分能力上因為疾病的關係而無法有適當的判斷力與正確的認知行為，但對於心理層面的感受仍保有一定的敏感度，我們對待失智症長輩的態度如何，他們也會以同樣的態度來回應我們；失智症患者病程平均落在十年以上，由此可知，照顧失智症患者並非一己之力就可完成，多數家屬因為長期照顧的壓力，以致無法理解或包容失智長輩的種種行為，容易造成衝突發生，若照顧者及家屬們無法適時求助或找尋資源，就會造成不可挽回的遺憾。透過諮詢找到適當的照顧服務，除了有助緩和失智症的退化外，也可讓主要照顧者獲得喘息機會，讓彼此在照顧與被照顧的路上都能有最適切的安排與規劃，才能走得長久，走得沒有遺憾。

# 輯參

# 有滋有味的老派小日子

# 身為外婆

看他們成長，看他們變化，雖然自己漸漸老去，但心情卻是十分快樂的。

孫子們的年齡，和我至少隔了半個世紀。我二十五歲成家，次年得女，長女則在二十八歲結婚，次年得子。乍然又看到紅嫩的童顏，彷彿枯槁的老木又發出新芽，那種喜悅、珍惜，真不能以筆墨來形容。

不知不覺間，小小的嬰兒長大了，上幼兒園，進小學，變成國中生，換穿高中制服。現在，最大的孫子諺和長孫女潔已經是大學生了。小一些的有高中、小六和小二，總共有六個，每回聚會，熱鬧得差些沒把屋頂給掀起來。

六個孫子女，三男三女，是三個女兒所出，命中註定只能當外婆。三個女兒都嫁在附近，我經常得開著車子巡迴「輔導」，她們有帶不了的，就進了外婆的「庫」。像長孫和他的弟弟年齡太近了，當媽媽的手忙腳亂，外婆就義不容辭把老大「撿」回家，餵他吃飯、哄他睡覺，聽他嬌嫩地叫著外婆，以休閒的心情和小傢伙互動，享受到前所未有的樂趣，直到他三足歲，才依依不捨地送回到父母身邊。

如今，大女兒一家移民紐西蘭，每逢寒暑假才能一會。兩個孫子，一個已上大學，另一個上高中，站在身旁，都比我高。他倆喜歡上運動中心，我就帶他們去玩個不亦樂乎，通常也會招待個午餐，他們歡呼著：「還是臺灣的東西最好吃。」外婆就大掏腰包。有時再湊上念大學的那個孫女，大夥兒搶著選電影，轟著進麥當勞，外婆忙著跟進跟出，似乎年輕了許多。大外孫喜歡文學，他告訴我，他最近寫了一篇小說，有八萬字，是用英文寫的，讓我有些吃驚，鼓勵他繼續努力。我也建議他不要忘了中文，中文是最難學的文字之一，他們已有很好的基礎，放棄了太可惜。

念小六的聿和讀大一的潔，是老三所出，她們在同一家庭，意見總是相左，大的常藐小的幼稚、小的嫌大的跩，只有外婆帶她倆看電影的時候，意見最為一致，大概是給老人家面子吧。最近我們曾相約看了一場很好的電影，因為是下午場，所以吃了一頓豐盛的午餐，餐館就在電影院附近，用完餐踱進戲院，感覺很輕鬆。令人擔心的，這兩個都是低頭族，一有空檔，就掏出手機，撥弄不停。大的更搶過外婆的手機，排了一列親友通訊錄，要跟誰講話，一點即通，她們可比我們這一代靈光多了。

最小的兩個，是一對雙胞胎，一女一男，是二女兒所生。他們才上小學二年級，個性卻大不相同，姊姊喜歡讀故事，弟弟喜歡玩數字。每回到外婆家，外婆就被分成兩半，一面要聽姊姊說故事、一面要看弟弟算數字，在分身乏術的情況下，外婆的招數是：「你們想不想餵魚？」一說完就帶著他倆沿著溪邊走一趟，讓他們樂得都不想回家。

我這個外婆是相當忙碌的，一個禮拜總得和外孫們聚個一、兩次，看他們成長，看他們變化，雖然自已漸漸老去，但心情卻是十分快樂的。

# 日入二千金

現在可以說是這三年來最好過的日子，只要不去想醫生的宣判，……「自立自強」的心態帶給我們安慰，相信我們可以一直堅持下去。

三月二十六日，已是傍晚時刻，外子突然轉身對我說，「今天我們又賺到一千五百元了。」我一愣，隨即明白他的意思，不禁也微笑起來，「是啊，我們賺到一千五百元，不小的數字耶。」

話要從民國一〇三年的十一月說起，那時，醫生告誡外子，不開刀不行，問醫生如果不開刀結果會怎麼樣？他說：「就是癱瘓，大小便失禁囉。」

我們是因為外子的兩腿發麻而去的醫院，頸椎開刀已六、七年，之前還好，現在，發麻的現象嚴重了，所以又去求診。醫生說，要從前脖再開刀一次，否則結果就會像他說的那樣不堪。我們嚇到了，外子當然比我更緊張，他老覺得馬上就要失禁了、馬上就要殘廢了。

他指揮我，去買一種長墊子鋪在床上，免得尿直接流到床單……他指揮我，去請一個看護：二十四小時的看護。

我稍遲疑，他就發火：「我就快要殘廢了，妳還在猶豫什麼？」為了要請看護，等到隔壁住戶一搬走，我們便立刻承租了下來，「一個十坪大的房間睡不下三個人。」他早就計算過了。

於是，我們有了兩個房間。

他發怒發愁，更時時發火，說：「我快死了，妳還動作那麼慢，不請看護來是什麼意思？」尿失禁、癱瘓威脅著我們，於是我們急忙託人介紹，請了看護。

問題來了，看護要睡在哪一間房？是和他同住原來的房間，讓我搬到新租的隔壁房嗎？還是我住原來的房間，看護陪他到隔壁？「目前晚上不需要看護。」他說，他可以自己上廁所，還沒嚴重到需要人攙扶的地步，「所以我們還是照原來一樣，住一起吧。」那麼，只好請看護獨自住隔壁房了。

那是一〇三年十一月，被那個醫生一嚇，我們請了看護，等著癱瘓，等著病情惡化……

白天，他不用下樓用餐，看護會幫他打餐，早、午、晚送到他的面前，有時還會另外煮些新鮮的蔬菜給他。

這樣的日子過了一年三個月，來到了一〇五年的春天。

那天，看護照往常一樣和他邊聊著天邊搥著他的小腿，同時看護也宣布了一件好消息，她的孫女七月會從美國回來，而她們已經兩、三年沒見了。

「這次她回來兩個月，我要回去會會她。」看護說。

「妳回去兩個月？」我問：「那爺爺怎麼辦？」

「我會找人代班的。」她說，「放心吧。」

我知道她一定會找到很好的代班，所以放心下來，打算照原定計畫去做。可是，他卻有意見了：「不用請代班，我可以自己敲打按摩，我可以自己推車下去吃飯，小心一點的話應該沒什麼問題。」那可是一大進步，我們都同意了，看護回鄉的兩個月，他會自己打餐按摩，不需要人協助。

但是過了兩天，又有新的變化了。

他說：「不用請看護了，腿麻就麻吧！我要自立自強。」從他自立自強之日起，到現在已經超過一年了，我們沒有退掉隔壁房間，因為他還是有顧忌，「萬一我又有狀況，還是會需要請人的。」

目前，不請看護期間，我們多了一間書房，兩個人可以輪流進房看書或練書法。不請人，不用一天多花費一千五百元，所以我們每天都賺錢！賺那些原本要付給看護的錢！

現在可以說是這三年來最好過的日子，只要不去想醫生的宣判，雖然他的腳還是麻，甚至有麻到大腿的趨勢，雖然櫥櫃裡準備了尿布、尿褲，但是「自立自強」的心態帶給我們安慰，相信我們可以一直堅持下去。

# 不完美

多麼體貼人的耳朵！ 多麼體諒人的失聰！

也許因為自己從來沒有什麼可以誇耀的條件，因此，久而久之養成了一種「偏」心的習慣。

對完美的人避之唯恐不及，而一些「不會」、「不能」的人，才是我選擇交往的對象。老了之後更是如此。

老了之後，不知道為什麼，常常會控制不住地「放出瓦斯」來。好的時候是無聲的，糟的時候往往聲高音亮，且持續不斷。不管人家是否裝得若無其事，我心裡總是很難堪。這種時候，最喜歡的就是耳朵重聽的人了。他雖然聽不清我們的言談，卻也聽不見我不小心、不由自主的瓦斯爆裂聲。

多麼體貼人的耳朵！多麼體諒人的失聰！

視力退化的人，也是我喜歡的。九十多歲的老奶奶，望著我說：「妳怎麼一點皺紋都沒有，皮膚那麼好呀？」我感激地說：「謝謝妳的眼睛！」其實我有不少的老人斑，還有不少的面皰呢！被她這麼一肯定，我馬上增加了幾分自信，我喜歡她「看不清」的這一點。

再來就是數學了，一聽到有人懊惱自己數學不好，我就會全心全意地喜歡上他的這個缺點了。從小就怕數學算數的我，能夠找到知音可是難得的。如果一問對方的職業，知道他是XX高中數學老師退休，我可是會退避三舍，總覺得他太厲害，我絕不能靠近他。不然，從前數學科的種種挫折又要回到眼前了，那些不堪回首的往事，唉，不提也罷。但那些自謙數學很爛的人，我可是會毫不猶豫地喜歡上了，因為「同病相憐相愛」嘛！好不容易遇上「知音」，我絕對對他比對別人好三分。

後來才慢慢發覺，年輕時的挫敗會一直藏在心中某個角落，不提則已，一遇到也是挫敗者的有緣人，便不由得另眼相待了。

四十五歲開始駕車上路，除了女兒的學校、丈夫的工作地點外，只有極少的幾條路可以算熟。步行或搭車也有困擾，因為弄不清方向。同事就曾經取笑過我，「開車的人不認得路？太奇怪了。」

很會認路的胡、陳，和我是兩大極端。我欽佩他們，但也不免覺得他們是怪物，怎麼會每條路都精通？胡是坐哪臺車可以去哪裡完全了然於心的人；陳是習慣坐計程車的，但竟認得車該怎麼開、路該怎麼走，哪一條是捷徑都一清二楚。這種人的腦筋真叫人無法了解，跟他們聊這些話題可是自討沒趣，所以一聽到誰自認路癡、路盲，我就全心倒向他那邊，因為「同病相憐」嘛！

還有，認為自己對家事一竅不通的人，也是我引為知己的。從小媽媽一手包辦所有家務事，不准我的手沾到一滴水，連小手帕也從來沒讓我洗過，買菜做飯當然更不用說了。這樣的我怎麼可能會做家事？更不可能成為能幹的主婦了。

原本就沒想過「完美」這個詞，也知道世上沒有完美，但偶爾被身旁的人數落，明白自己非常地不完美，甚至被視為缺點處處時，心中的秤鉈更是偏向那些與我相類似的弱者了。只有認同他們，心裡才會感覺平衡些。

# 發現了美

剎那間叫人目眩於她的美麗，是出於她的自信、她的專注，和她的渾然忘我。

從來沒覺得自己美，但也從不自知自己有多糟，只是從別人口裡知道自己的缺點，「顴骨那麼高！」「牙齒太暴了。」「沒有雙眼皮。」「骨架子怎麼那麼粗！」沒有大眼睛，沒有高鼻梁，沒有瓜子臉，真的，絕對不美的一個女人。

認識的朋友很多是美女，麗君、美娜……各有各的美，只有自己是配角，聽著她們的安慰：「內在美更重要。」或者說：「妳很耐看啦！第一眼不覺得美，愈看愈順眼、愈有氣質……。」

後來，終於看開了，誇我有氣質，也算一種美吧！

有一年，得了腮腺炎，兩腮腫得像豬頭，每天對著鏡子梳理時，愈看愈不順眼，這麼肥胖的腮幫子，腫得不像話，三天不消、五天不消，真是煩人至極。

好不容易漸漸消了，腮腫也沒了，終於露出原本的樣貌：還是一樣單眼皮，還是一樣高顴骨，還是一樣上排牙突出，臉還是那一張臉。但是，我卻突然看到了美。啊！原來的我真好看，消了的腮幫子真美，前陣子的發炎竟然使我醜了這麼久，不過，還是感謝它，因為我發現了自己的美。

哇！原來自己一直是美的、是順眼的，以前怎麼都沒發現？

「美」過了一段時間之後，自卑感又抬頭了，我很醜，不像人家胸大腰細，不像人家鼻子挺，眼睛如湖水般地深邃。也漸漸不肯照相了，五官平凡、衣著不豔的自己，跟人家站在一起，怎麼看都欣賞不來，更何況在他人眼中？

那時候，聽到一位智者朋友的話，她說，很醜的照片，擺一陣子再回頭去看，會覺得很美，因為人只有愈來愈老，拍出來的照片當然會愈來愈不好看囉。後來我把認為怪樣的相片勉強留了下來，隔一陣子再去看，呀，真的順眼多了，也沒有剛拍完時的老醜了，是看慣了？還是愈來愈老了？

最記得在社教館教手語時，教到一位奶奶，她長得並不好看，臉上粗粗糙糙，雖然化了妝，也抹了口紅，但還是給人一種粗俗的感覺。

因為是新同學，我特別另外教了她一些手語，她學起來完全不像，該向上的竟然向前，該伸食指的竟全掌打開，她自己也笑：「好笨。」我心裡倒想起了一句名言：「手比腳還笨。」

看來，這位粗俗的歐巴桑是跟手語無緣了，我便好言地跟她攀談了一下：「平常做什麼的呀？」

帶她來的同學替她回答：「她是國標舞老師。」

哦？教跳舞？我真不能相信她的舞技，手語比不來，指頭笨拙到不行，她會跳舞？還能教別人跳？

我壓下心中的懷疑，禮貌地邀她：「表演一下。」

她站到前面比較空的地方，開始舞了起來。

那粗俗的外表，那廉價的化妝品，都依然不太美觀地附在她的身上，但是一種奇異的魅力舞動開來，像穿著金色高跟鞋的灰姑娘，剎那間叫人目眩於她的美麗，是出於她的自信、她的專注，和她的渾然忘我。

我當然還是醜女，不過，當我拿起麥克風唱歌、當我站在臺上教手語時，我想，因我專注而散發出來的魅力會讓我變美很多很多，讓人忘了其實「不美」的事實。

啊，原來外表的美是可以改變的。

# 歲月不饒人

該運動的時候，不可偷懶；該休養的時候，就好好休息。如果身體還能運用自如，就該懂得感恩。

昨天，突然右邊腰部一陣疼痛，身子直不起來，邁開步子的時候，更是痛不可支，只好待著站立，這是從來沒有的經驗。

忙把身子移到床上，躺了下來，一面休息，一面檢討，到底問題出在哪裡。是彎腰洗衣褲彎太久了？或是撐曬被單時，動作太大了，把腰給閃了？或是……

躺了半天，以為可以下床了，動一動身子，還是很痛，根本沒辦法坐起來，但是廁所總得上吧，只好側著身子，靠右手支撐，慢慢把身子移到床沿，這才下得床來。站在床沿，邁步的時候，還是一陣劇痛，只好傴僂著身子，慢慢拖著向前。對照平日的我，這幾步路，算得了什麼？真是歲月不饒人啊！屈指一算，我也七十好幾了。

平日，我是有運動習慣的。每天，或是下午，或是晚上，都會抽出個把鐘頭來運動，動作比較偏重瑜伽，例如仰臥起坐，一次做個二、三十個是不成問題的。自三十多歲開始，我就參加瑜伽班，算算年月，也有好幾十年了。瑜伽的動作，比較注重肌肉的伸展，不容易發生傷害。這次，我居然傷到腰，使我警覺到，這是因為到了某種年齡，肌肉和骨骼的衰老經不起拉扯的關係。

日子過得真快呢，記得四、五年前，去一家私人診所做健檢，該起床的時候，我一骨碌就起來了，嚇到旁邊的護士，她說：「請妳慢一點，很危險的！」我莫名其妙地看看她，心中想，起個身，有啥危險？現在我知道了，人到某種年齡，有些動作要量力而為，不要太勉強，傷了身子，康復並不是很容易的。

當我躺在床上的時候，感覺到疼痛的部分，好像不僅只在腰部的肌肉，連內臟也有些不舒服，那是腎臟的問題嗎？會是胰臟出問題嗎？會不會是膀胱有了毛病？一路問下去，扯出一堆問題，我是不是要走到生命的盡頭了？想著想著，居然睡了過去。這一覺，對腰部的恢復頗有幫助，慢慢地我可以邁開步子了，心中的陰霾漸漸散去。

在養老院中，曾看到許多爺爺、奶奶們，走路的時候，老是傴僂著身子，把頭伸得好前面，邁一步要等好半天，我真無法想像，身子怎麼會變成這個樣子。當時我常想，他們不能把下巴收緊一些嗎？不能把腰桿挺直一些嗎？不能把步伐邁大一些嗎？

經過這次腰痛，我才明白，人的身體是會衰老的，肌肉是會流失的，筋絡是會僵化的。當我們衰老到某個程度，身體自然會傴僂下去，腰彎了，脖子還能直嗎？彎著腰，還能快步嗎？身體老化到某一階段，行動是不能勉強的，若勉強，它就會疼痛，疼痛是一種警告，若不理會，器官就會損壞。事實上，當疼痛來臨的時候，我們已無能為力，也勉強不得的。

現在，我深深體會到，歲月不饒人，這一次腰痛，給了我警惕，平日要好好保養身體。該運動的時候，不可偷懶；該休養的時候，就好好休息。如果身體還能運用自如，就該懂得感恩。

# 老身頌

我對自己的身體有著無限的感激，雖然這裡痛那裡痛，但是感謝它，它還是一副看起來不錯的老架子。

半夜醒來，覺得口乾舌燥，口腔上下黏在一起，乾涸異常，難受得不得了，非得起來灌大半杯涼水才行。一個晚上至少起來兩次，每次起來，深深感覺到「沙漠」的意義，我的嘴就像一大片沙漠，滴水皆無，而且正在持續地乾涸下去。

這是什麼怪現象，真不懂。么女說可能是屬於一種「乾燥」症吧！

有的人得乾眼症，我聽過，但是舌乾症可沒聽說。還好我是樂觀的，喜愛唱歌的我，並不在乎舌頭口腔夜晚的乾涸，只要讓我白天練歌的時候可以發出聲音，不那麼乾涸，不乾到影響聲音就好了。

但，身上只有舌頭有毛病嗎？才怪，眼睛也是不舒服的，十多年前因為眼睛不適去看診，竟被誤認為青光眼，點了兩年的藥水，幸好，後來是被另一家大醫院的醫生平了反，才知道我沒有青光眼，卻點了青光眼用藥，如此折騰下來，眼睛當然不會有什麼健康可言，甚至一直處於「弱」的狀態下。看書超過一小時就累了，眼睛就茫了，電視電腦當然更不能長時間面對。更怪異的是，下眼皮處常常一跳一跳的，說什麼跳財跳災的，結果什麼小財都沒撿到，去看醫生，他說是眼睛太累的關係，「少看書，少用眼」就沒事的。

跳舞的人得練腿練腳，什麼都不會跳的文人只有用眼的份，叫我少用電腦還可以，叫我少看電視也行，叫我少看書看報？那我不是如同廢人了嗎？不用眼，文人還能做什麼？

還有還有，我的手早年得過網球肘，到現在只有愈來愈嚴重的趨勢，雖然外表不太看得出來，但一臂之遙的咖啡杯，我拿起來送進嘴裡都會一路地顫抖過來。

我走路還很快，這是我的強項，但是如果低頭一看，別人都會大吃一驚，這是什麼腳趾頭啊，大拇趾爬到二趾上面，這不是拇趾外翻嗎？太恐怖了。每天都只能穿著夾腳的「勃肯」鞋才能走路，每天腳趾全露在外面，簡直是個野老太婆。

還不只這樣呢！夜晚醒來，爬不起來，因為髖骨痛得厲害，要拍打一陣子才能勉強起來。不過，說也奇怪，晨起後，走動走動，又彷彿沒事了。只有自己知道，身體各部分時時發出了不同的雜音。

有一陣子，後腦兩側經常發痛，也去看醫生，做過腦波檢查，結果是沒事。醫生說：「腦裡沒有長東西，腦波也沒有很大的變化。」得到這麼好的答案，只好放心地回家了，不小心碰到還是很痛，有什麼辦法？只好罵它一句「神經」了。

十八歲時因為工作緊張的關係，得了胃潰瘍的毛病，那時有母親在，把我的胃視如寶貝，刺激性的食物絕對不碰，咖啡、濃茶是絕緣體，只能遠遠聞著吞口水。這樣過了幾十年，退休後，不知不覺忘了那些護胃規則了，於是不顧忌茶、不顧忌咖啡了，管它呢，喝吧！好像也沒什麼大事，這才發現生命裡增加了不少芳香的氣味。

人生七十古來稀，現在的我，已經超過七十好多年了，偶有這裡痛那裡痛的，想來也就是這樣了。

記得十九、二十歲的時候，我就常按著右邊骨盆喊疼，見我多次如此，好友珊不禁語帶不耐地說：「妳每次都說那裡痛……。」

很高興七十多歲了，還偶然在那個同位置上時有時無地痛著，想起珊的話，我對自己的身體有著無限的感激，雖然這裡痛那裡痛，但是感謝它，它還是一副看起來不錯的老架子。

# 其來有自

要保持正常的身材，沒什麼特效的方法，其一，要控制飲食，其二，要適當運動。

早年上班，流行穿尖頭高跟鞋，開始時尚可適應，等到感覺不舒服時，腳丫的姆趾已經疊上第二趾，這時已近中年，穿什麼包腳鞋都會痛。朋友建議我試試德國製的勃肯鞋，我買的是一種夾腳的平頭鞋，只需用腳的姆趾和第二趾夾住鞋子，其他部分全都解放，五趾自由自在，當然不會痛楚，可以行走自如了。

勃肯鞋的價格不便宜，如果鞋底磨壞了，可以到專賣店換底，節省一些花費，多年來我已成了店裡的常客。有一次，老闆娘有大發現似地歡叫起來：「妳的腳丫有改善耶！」仔細觀察之下，原來在鞋子落腳的部位，可以清晰看出五個腳趾的凹痕，這表示大姆趾的位置已有改善，大部分不再擠在第二趾上面。

事實上，我的腳趾有所改善，並不全是鞋子的原因，而是得力於「姆趾外翻操」，這是由名師傳授的一種專門運動。依照老師的指導，努力不懈，前後十年，每天練習，從未間斷，雖然腳型沒有完全恢復正常，但行動已能自如。

運動必須有恆，才易收到效果。我的大女婿，在一次體檢時，查出有高血糖傾向，他驚覺那是家族遺傳的訊息，除了調整飲食材料外，馬上開始加強運動，每天登指南宮一趟來回，路程並不算短，如果有事，就改走學校操場二十圈，三年下來，再抽檢血糖，已回到正常值，他那微胖的身材也轉為標準型，這是有恆運動的結果。如果只是三天打漁兩天曬網，效果可就難說囉。

看到了走路的功效，我也開始練習步行，但七十多歲的我，膝蓋有退化的毛病，上坡已有困難，那就先走平路吧。從養老院出發，如果能走到政大，諒是合適的距離，哪知第一趟走下來，覺得有些吃不消。那就改變策略，以公車站來分段，先走兩站來回，再慢慢加多，幾個月下來，如今已可輕鬆走到政大，步履不輸年輕人，居然有人讚我是健步如飛，這真是始料未及。

有位奶奶，看我行動頗為輕快，很是讚許，我建議她不妨也多走動走動，哪知她叫了起來：「我不能走啊，我走幾步就會喘耶。」我暗地想著，就是會喘，才要練習呀，看著她那微胖的身材，真希望她能下決心開始運動。在護理室量體重時，遇到另一位奶奶，看到我的重量，一直問：「妳怎麼保持體重，不讓增加？」我回答說：「都是老生常談啊，吃不過量，避免三高，多吃水果、多運動。」她摸摸她的圓肚子，回說：「這有些困難耶，我就是愛吃甜食，我吃飯都只吃半碗，但我一定把菜都吃光。我也不能運動，我一動就腰痛……」我目測她最少超重十公斤，吃多動少，這是必然的結果。

看了我女婿的例子，加上自己的經驗，我覺得要保持正常的身材，沒什麼特效的方法，其一，要控制飲食，其二，要適當運動。這事說來容易，可須要相當的毅力來執行。

# 凡事感恩

花能開，草能綠，四時能夠流轉，也都應該感謝生命的恩典。

在今天的教會聚會中，有兩位新面孔的教友，帶領唱詩歌的主持人，讓我們唱歡迎歌，歡迎兩位新奶奶的到臨，然後開始佈道。

今天和往常有些不一樣，他先提出兩個問題：「今天來這裡團契，是自己走來的，請舉手。」「能看著本子唱詩歌的，請舉手。」

我毫不考慮地舉了兩次手。但當我舉完手，側目看坐在身旁的秀清奶奶，她似乎沒有舉手，這才想到她曾和我談起，她因眼部的黃斑病變，視力愈來愈差，最先還可以用放大鏡一字一字地看，現在連最大倍數的放大鏡也沒用了，想來也因視力不便，她大概得由別人牽她來會場，所以她兩次都沒舉手。反觀自己，眼睛雖然也不好，有高度的近視，再加上飛蚊症，書看久了眼球會痛，但看看歌譜、唱唱詩歌，沒有任何困難。當然，走到會場，更是輕而易舉，這麼一來，突然覺得自己好幸福，應該感恩啊！

主持人再問第三個問題：「我現在講的話，能聽見的，請舉手。」我又舉了手，坐在我前排的佟奶奶，她並沒有舉手，我知道她有重聽，再回頭看看後排，也有好多位爺爺沒有舉手，他們根本聽不到問題，當然不會有反應。主持人看我連舉了三次手，意有所屬地說道，「所以能舉手的人，是多麼地幸運，即使輕而易舉的事，其中都包含有許多恩典。」接著他進入主題：「要時常喜樂，不住地禱告，凡事謝恩。」

經這麼一提醒，心中洋溢著一股感恩之情，就以走動這件事來談，今天來參加聚會的教友中，就有好幾位須依賴助行器，更嚴重的則坐在輪椅上，由別人推著來。例如戴奶奶，她是離不開助行器的，她之所以行動不便，是因為在街上被汽車撞傷，傷得非常嚴重，腰部以下幾乎不能動，經過救治之後，勉強可以站得起來。但是若要移動軀體，須先把腳部立定，將助行器往前推，再用雙手支持體重，把身體拖向前，這樣才完成了一步的距離。她每向前一步，都須要經過一波三折，比常人要多花好幾倍的時間和氣力，同時還得很小心，不要觸動疼痛神經。即使如此，她並沒有放棄行動，只要有活動的機會，她都盡量把握，每天下午三點的老人健康操，都能看到她的身影，知道自己的行動緩慢，就提前自房間出發，從來沒聽過她口出怨言，聽到的全是讚美和感恩。平日，她還聚合了幾位愛唱詩歌的同好，每晚七點左右，在她那層樓的交誼廳歡樂地歌唱，讓大家都感染到喜悅的情境。

行動自如，看來是天經地義的事，但在輪椅族們看起來，這是何等的恩惠？閱書讀報，這是稀鬆平常的事，但在視線不清的老人們看來，這又是何等的福份？聽音樂、唱詩歌，張張嘴巴而已，有啥困難，但對失聰的人來說，陷在寂寥世界中，又是何等的無奈？所以，我們應該懂得凡事感恩，才會時時感到喜樂。花能開，草能綠，四時能夠流轉，也都應該感謝生命的恩典。

# 吃過苦的人生

對著鏡子裡髮稀頭禿的老太太，我滿意地笑了。我要的只是腳力和視力，絕不是美麗。

每到用餐時間，我就會變成不少人羨慕的對象。

「今天的菜那麼難吃，妳還吃得下去？」有人滿心懷疑地來問我。「還好啊！」我才懷疑他們哩！好好的菠菜、好好的炒蛋、好好的雞腿，他們竟然吃不下去？「一點味道都沒有，妳怎麼吃得下？」有人散去了，還有人不甘心，追著我問。沒有味道嗎？我覺得不錯呀！淡淡的菜香，又健康、又營養，有何不好？

如果哪天聽到他們歡呼地跟我

說，「今天中午的菜好吃。」那我可得留神了，他們所謂好吃的菜，準是又油又鹹的，是我最害怕的。所以，當聽到他們誇好吃時，我就得去接一碗白開水放到餐桌上。「好吃的」菜，我都得一一放到水碗內涮一涮，這才下得了口。

他們覺得「黃某」太奇怪了，難吃的菜還吃得津津有味；我才覺得他們奇怪哩，如果嫌菜餚不夠鹹，可以自己添些鹽、加些醋呀！

回想起年輕的日子，家裡雖然已不愁吃穿，但幼年時的苦日子仍然時時提醒著我們，吃著平淡的菜也萬分感恩。有時候母親常買最便宜的苦瓜回來，我不肯吃，嫌它苦，母親總是溫柔地念著說，「『苦苦之中味味甘』，妳吃吃看，是不是這樣？」過去的經驗造成現在的喜惡，因此，大夥兒都避開苦瓜的時候，我會要求來一匙，夾起它來時那白純的顏色、那眼熟的片狀，都讓我忍不住說：「苦苦之中味味甘」。

轉頭看看他人，有人拿了不吃，有人根本不拿，我只有獨自快樂地品著苦中之甘味。

有時候，在等餐的隊伍中會遇到一些同好，他不一定愛吃清淡，也不一定愛品苦味，但是他的看法讓人打心裡贊同。他說：「想想非洲的難民，多麼可憐，我們有這麼多食物，還要挑剔什麼？」

物價一階一階地上漲，我們的菜餚費用一直沒有增收。早餐有吐司、麵包、包子、稀飯等主餐供人選擇，配菜有四、五種，午餐、晚餐都有四菜一湯，其中一餐還備有水果或甜湯。愛吃五穀米飯的吃五穀米飯、愛吃白飯的吃白飯，還有麵，還有白稀飯、紅稀飯任你選。

每個人的一生經歷皆不相同，習慣吃香喝辣的人會對眼前的菜興嘆，曾經儉衣素食的人則心存感謝。誰對誰錯嗎？當然不是，只是過去的經歷造成了熟年之後的習慣而已。

記得有一位奶奶在隊伍中告訴我：「我們是住在天堂裡面的人。」

也記得有人皺著苦瓜臉嘆氣：「每天都吃這些，我吃不下去了。」

看著廚師為大家打菜，想到他們費心地變換有限菜色的那份心思、那份操勞，也是該感謝的。

多次和其他人意見不和，是在菜餚好不好吃的題目上。想想，我小時遭受窮苦際遇，把吃苦當吃補地過了大半輩子，也許因此對食物不甚挑嘴，有人許在年輕時吃盡山珍海味、奇珍異寶，對這些日常菜自然會有微言。

除了飲食、生活習慣每個人不同之外，那天，在樓下的洗髮間，和九十三歲的恩奶奶相遇，更能體會到這個事實。

恩奶奶自年輕就是個大美女，八十多歲看來還像個六十歲的美人，走路、說話都不輸年輕人。她的頭髮既不花白也不掉落，而且永遠是大捲子的花俏模樣。

那天，頭禿了兩大塊、髮稀到無法遮頂的我在洗髮間遇到了恩奶奶，當然忍不住誇了她的美，從外面來為老人美髮的老闆娘也大大讚嘆恩奶奶，真的是個「大美人」。可是恩奶奶卻感慨萬分地說，「老囉！好醜噢。」

過去一定儀態萬千的恩奶奶看不得現在漸漸浮現的老態，而過去不曾美貌過的老奶奶，現在能走能吃已經是大大的福氣了，哪會有如此感嘆？

對著鏡子裡髮稀頭禿的老太太，我滿意地笑了。我要的只是腳力和視力，絕不是美麗。曾經吃過苦的老人家，也許會珍惜眼前的體力，而不去想當年的青春容貌吧！

# 道別的時候

「道別」是很重要的一環，之前看別人舉辦「生前告別」，並不覺得必要。聽了團隊的講解，才知道那也是一種愛的表達。

去聽醫療團隊的演講前，心想，我早就登記過不做「無益急救」了，去聽也不過是捧場而已，不過是再聽一遍罷了。其實不然，我得到了更多。這次打動我心的，是他們所說的「四道」，四道是「道愛」、「道謝」、「道歉」、「道別」。

聽的時候，我想起了過世的父母，我曾經對他們說過「愛」這個字嗎？我那麼被愛著，卻從來沒有說出「爸，我愛你。」或「媽，我真愛妳。」的話語。

父親罹患帕金森氏症，他沒辦

法穿套頭的毛衣，我幫他買了對襟的衣服，替他扣好鈕子，但我沒說過愛。對那一直關愛我，如今顫抖不已，連夾菜也有困難的父親，我只盡力幫他，卻連一句愛都沒有說出口。

至於母親，我更是虧欠。小時候，只有母女相依的日子裡，我的脾氣都是朝著她發的，父親出獄回來後，她的精神狀態已經出了問題。她認為父親傍晚的散步是去會見情婦；她認為那情婦一定為父親生了兒子；她把抽屜上鎖，因為怕父親偷拿她的衣服去給那女人……

每當這樣的時候，我勸解過、安慰過，但最後總是生氣相向，認為母親不可理喻。我沒有從母親的角度來思考過，她只生了一個女兒，沒有男丁，她已是覺得歉疚，父親回來時，她已雙目失明，僅餘一些光暗的感覺。這是她的病，我這做女兒的卻沒體諒，只有生氣。「道愛」？我道過嗎？沒有，我抱過她嗎？沒有。道愛，原來我一直欠父母的是道出愛，當時的我卻不知道。

醫療團隊說，道謝和道歉都很重要。我馬上想起了幾位師長，他們對我有愛，但我在面對他們時有沒有正式地向他們說過謝謝呢？還是把他們的好當作理所當然呢？

是的，我真心感覺到他們的好，但是我沒有表示過謝意。

想起來，我應該道謝的人很多，除了父親、母親，還有那不知隔了多遠的育梅堂哥，年幼時候，他常伸手摸鄰居阿平和我，我們總是邊躲邊笑罵，那樣的舉動不正是表示他對我們的愛嗎？現在的我，看到年輕的孫子、孫女，也都會忍不住捏捏他們Ｑ彈的皮膚，這就是我對他們的愛。

育梅哥其實是很關心我的，父親入獄的十三年間，每年他都會包給我壓歲錢，對我的入學費用幫助不少，許家伯母常常罵育梅哥「小氣」、「吝嗇」，但其實育梅哥對我並沒有吝嗇過，甚至在我六十歲左右還受到他的一份情意。他要參加人壽保險了，得投保三百萬元，在電話中，他告訴我要把其中一半的錢留給我，另外，問我兒女中誰的經濟較拮据。他填上了名字，我當時雖然謝了他，但並沒有太多的感覺。直到他「去」後，拿到保險金，我才更深地體會到他沒有說出口的愛。

抱歉，我也一直沒有表示我應該對他說出口的「愛」。

步華表叔、王亞春老師、葉培馨老師，都是我該感謝、該道歉的長者。啊，聽了這場說明，我才想起原來有這麼多愛我的人，而我對他們卻只有藏在心中的感謝和歉意。

再來是道別，我有好好向爸爸、媽媽道別嗎？生前沒有，但到靈骨塔前，看著他們的照片，我說了。我說了感恩的話，也向他們道別，祝他們在天上和好，在天上快樂。

這場安寧照顧團隊的說明，令我想起許多該感謝卻來不及感謝的人，謝謝他們給的訊息，讓我重新感受到諸多的愛。

「道別」是很重要的一環，之前看別人舉辦「生前告別」，並不覺得必要。聽了團隊的講解，才知道那也是一種愛的表達。可是，生性羞怯如我，怕無法一一道別，更無法在公眾面前道別。

我心裡的告別辭是：我很滿足，這輩子感謝大家這麼愛我，別了！

# 驅動生命的能量，發現自我的價值

◎黃珮婷（弘道老人福利基金會社工師暨研發管理處主任）

因為工作的關係，我很常被問：「高齡社會最重要的解方是什麼？」很多人預期我的答案會是「長期照顧」，長照當然重要；但我們同樣看重「預防照顧」，因為幫助更長多輩健康自立生活，「銀色海嘯」就能轉換成「銀色能量」，就能讓我們看見更多銀色生命力所帶來的熱情與感動。一如此刻，我閱讀著黃老師的新書，一邊被她的幽默文字逗得捧腹大笑；一邊又為她歷經歲月洗鍊而成的智慧，深感欽佩。

在拜讀黃老師作品的過程中，我腦海不斷浮現一位又一位平日服務長輩的故事。九十一歲的康建華爺爺是第一屆不老騎士，獨居的他幾年前決定搬入榮民之家生活，平日除念經禮佛外，最喜歡寫書法。前陣子去探望他，他正埋頭寫春聯，但拿毛筆的手卻顫抖不停，爺爺沒有因此放棄，努力控制手部抖動，更緩慢地下筆。看爺爺寫得這麼辛苦，想勸他不要寫了，但爺爺說：「不寫，手抖會更嚴重；但繼續寫，就當是復健，我一定可以再寫出漂亮的字！」

還有因病入院的士柳爺爺，他喜歡拉二胡給其他長輩聽，還在圖書館當志工，為了可以持續這些「行程」，他沒時間哀嘆自己的老骨頭，而是努力配合治療，只為快點重回「崗位」。而每當我們分享著這些樂活長者的故事時，也總是會被問：「為什麼你們服務的長輩都可以這麼不一樣？到底該怎麼做？」

其實，多數我們所接觸的長輩也都會因老化、疾病，而對生命、生活失去仰望，當他們陷入負能量的身心循環，此時若沒有人適時地協助或開導，協助他們找到「生活的目標」，這些長輩都可能加速老化與失能。而所謂的生活目標並不是一定要什麼大行動、大夢想，而是「持續與某人、事、物產生連結，而產生的自我存在價值感」，可能是為了固定餵食每晚跑到家門口的流浪貓、或是為了看一眼鄰居那位坐輪椅的老人家有沒有一切安好……。任何一個可以讓長輩從中再次看見自己價值的目標，就能幫助他們願意為此而持續努力，努力運動、努力維持健康，如此也才能翻轉邁向失能的結果，成為自立自主、快樂生活的老人家。

而身為晚輩、身為志工，我們又該如何幫助生活失去目標的長輩呢？甚至我們常被問到的：「如何啟發長輩的夢想？」最簡單的當然就是透過聊天，但聊什麼呢？這時候就會需要多一點的觀察，試著去發現對長輩具有意義的人事物，可能是一道料理、一件衣服、一張報紙……都可能成為開啟長輩心房的大門。

最後，特別想再分享的是黃老師書中也觸及的「臨終道別」一事。文章中提到，先生因為頸椎疾病，恐將面臨癱瘓與失能，為此，先生展開一連串「準備行動」，包括聘請看護，甚至還多租了一個房間等等，準備周全的「等待」癱瘓那天的來；而黃老師自己也透過一場演講，重新思考關於「道別」的意義，這兩個故事，讓我很有所感。

事實上，國人普遍對「臨終議題」相當避諱，但我們在三年前開始推動「生命咖啡館」，與長輩們一起以多元面向探討臨終議題，過程中，意外發現，其實許多長輩並不避諱談這個議題，反而是年輕人比較有所顧忌。其實，和長輩們一起將離開後的事情都想好了、安排好了、交代好了，他們反而更可以活在當下、享受當下，因為，他們已無「後顧之憂」。

身在老人服務第一線多年，我真的很期待看見更多和黃老師及其夫婿一樣，樂觀、樂活，享受生活的長輩，而我和團隊夥伴們也會一直努力從實務經驗中，尋找更多對長輩有幫助的服務模式。

## 輯肆

# 我八十歲的「青春」老友們

# 不同的人

進了養老院，我遇見了許多老人，看到了很多不同的面貌。

不要以為老人都是同一個模子印出來的，是拄著拐杖、慈眉善目、笑咪咪的、一點意見也沒有的。不，完全不是。進了養老院，我遇見了許多老人，看到了很多不同的面貌。

有一個奶奶，每次都坐在輪椅上，躲在不開燈的角落暗處，不知道在想什麼，我幾次想走過去問候一下，誰知道她馬上把頭低下，或是別開臉，一副「你別理我」的樣子。久了，我也不敢再試著靠近了。這個奇怪的奶奶，她的房裡總暗著燈、黑漆漆的，躲著的走廊角落，也是黑暗暗的。

好奇的我雖然不敢靠近她，卻忍不住去問了護理人員，「她是誰？為什麼行為這麼怪異？」

護理師告訴我，蘭奶奶的先生是外交人員，蘭奶奶跟著她先生跑過好多國家、好多地方，是一個見聞廣博的奶奶。「可是……她待在角落裡做什麼？」

「應該是在想她的兒子吧！」兒子生在美國，因為身體不好，不適合搭飛機，所以無法回臺灣看她。

聽了這話，我更不敢靠近她了，想到她一個人在烏暗的房裡，想起過去的繁華，想到如今的孤單，會是怎樣的絕望心情啊。我能說什麼話呢？什麼話也安慰不了她啊！

有一次，我要去護理室量血壓。人還沒到先被傳來的聲音嚇到了，裡面有人在吵架，吼得很大聲，根本不像年紀大的人，側耳一聽，是兩個奶奶在吵架，聲音雖然很大，但吵什麼卻聽不清楚，走近一看，是我認識的蕭奶奶和另一個我不認識的胖肚子奶奶。護理師立刻當和解人，勸兩個人不要吵了，我也加入勸架行列，雖然不知道她們吵什麼，但是，「好好說啦！」我這麼說。

胖肚子奶奶大概覺得被太多人看到了不好意思，於是推著助行車離開，邊走還邊罵蕭奶奶，「妳跩什麼跩？」蕭奶奶一聽，又要衝上去罵她：「我跩？我跩？妳才……」看的人趕緊把兩個人拉開，亂勸一番，終於讓胖肚子奶奶走了。

我進去後，護理師用手勢讓我先坐在一旁，她還在聽蕭奶奶生氣的抱怨。蕭奶奶氣還未消，我聽了聽，真不敢相信，她聲音粗大，氣鼓鼓的埋怨竟是，「什麼都要拿給我，我告訴她，我什麼都不要，講了好幾次了，她還是一直塞、一直拿給我，怎麼有這樣的人呢？」

真是，怎麼有妳們兩個這樣的人？竟然為了這種事情而吵架，而且吵得不可開交，吵得像仇人一樣？我太不懂她們了。

當然，也有不與人吵架、不憂鬱，而且非常樂觀的老人家。這些人占了大多數，要講他們的事可能要三天三夜。

我就說說我們同樓層的美美阿嬤吧！美美阿嬤九十三歲了，瘦得離譜，身高應該沒有到一般人的高度，體重只有四十五公斤左右。偶爾在走廊上遇到，摸她的後背，每一節脊椎都可以摸到，我覺得風一大，她就有被吹倒的可能。可是，她倒是很健康，一點毛病也沒有。而且愛心滿滿，總是幫忙別人按電梯，看人家拿四腳助行器，她會在旁邊陪走一段，直到人家進了房。這層樓如果來了新住戶，她就像房東一樣，跟人家解釋公用廚房如何使用、如何啟用烘乾機、垃圾要怎麼分類等等。

有個爺爺是帕金森氏症，手腳都不靈光，美美阿嬤看到他，總要跟著他到家，替他用鑰匙開門，然後跟他說聲「保重」再離開。

我們看她那麼有愛心，都會替那些新住進的人感謝她。有人還說：「阿嬤妳這麼好心，會活到百二十歲噢。」沒想到一天到晚笑咪咪助人的美美阿嬤，竟然嚇得連聲念佛，用閩南語說，「不好啦，我已經呷太老了，浪費食物的份，不可以，活那麼久還得了，趕快『回去』才對。」

「一種米養百樣人」，這話說得可是一點也不錯啊。

# 喜樂奶奶

每移動一步都須耗費心力，但她從來不怨天尤人，口中哼的是喜樂的詩歌，出口的話語全是對他人的讚美……

第一次見到她，她就誇獎我，「妳好年輕哦。」年輕，每個人都有過，那算什麼？不過，在這養老院中，滿眼看過去，都是八、九十歲的爺爺、奶奶們，我這七十多歲的，確實不很多，因而沾沾自喜起來。我留意一下，這位誇我的奶奶，她姓戴。

第二次見到她，是在她住的那一層樓，當我經過交誼廳時，她喊住我：「來、來，我介紹一位奶奶讓妳認識。」我抬頭一看，我認得這位女士，隨口叫出：「薛奶奶。」她鄭重其事地說：「我們都叫她高雅大方奶奶。」經她這麼一介紹，我仔細一看，薛奶奶的確氣質不凡，在心中留下了印象，下次見面時，很自然地就喊她「高雅」奶奶，她也顯出很受寵的樣子，高雅的大名就這樣傳開了，這都是戴奶奶善意的推廣。

每個星期二的上午，有健身的課程，叫做「呼吸淨化法」，其中有一段笑瑜珈，專門教大家發笑，在老師的引導之下，每人都笑得東倒西歪。戴奶奶是這個課程的主將之一，每堂必到，而且坐在第一排，課後更把這門課的好處廣為宣揚，她也找到我，力邀我去參加，我去了，看到她喜樂的樣子，我精神上也感染到十分的愉快。

每個禮拜四的下午，另有樂活操的課程，戴奶奶不但每堂必到，而且是第一個到，早早地坐在第一排，面帶笑容地等待老師的到來。為了動作的整齊劃一，老師要求大家一面動手腳，一面報數：八、七、六、五……，戴奶奶的喊聲總是力道十足，快樂而自信，聲音微弱的人，被她這麼一帶，也都大膽地喊了出來，大家戲稱她為一號大喇叭。

她和我是同一教會的教友，每個星期日的聚會，我們都會碰頭。聚會的第一段活動是唱詩歌，由資深的弟兄帶領眾人吟唱。最近是由一位吳弟兄來帶領，一般來說，大家對詩歌的節拍，並不十分了然，能夠跟著哼唱就很不錯了，但吳弟兄是受過音樂專門訓練的，要求大家一面唱一面用手打拍子，爺爺、奶奶們一陣混亂，戴奶奶卻極力支持吳弟兄：「他帶得真好，我們要一起努力。」經她這麼一推崇，我們唱詩歌的節拍，果然比以前進步。

每個星期五的上午，有手語歌的教唱活動，是由我來帶領的，但時間和戴奶奶的復健治療有些重疊，她總是在最後二十分鐘趕到教室，興趣盎然地全力投入。並且揚言，她是和一位雙碩士同學一起上課，誰是雙碩士？我也有些吃驚，一問之下，原來是阿博，他是在我們這裡服替代役的年輕人，對手語很有興趣，也來參加手語課，這使我感到飄飄然，我居然當上碩士的老師，戴奶奶當然也樂觀其成。

戴奶奶是我們院中最有活力的一份子，院中許多活動她都參與，並且全力以赴。事實上，她多年前因車禍導致腰部以下受傷嚴重，必須靠助行器才能移動身體，每移動一步都須耗費心力，但她從來不怨天尤人，口中哼的是喜樂的詩歌，出口的話語全是對他人的讚美，我以能認識她為榮，她更是我學習的對象。

# 白雪姊姊

她的優雅、她的樂觀，她靜靜地走向陽臺去看樹景的模樣，在我的心中刻下很深的印象。

最早看到她，是在圖書館。

圖書館裡有一整套的日本推理小說，我最愛看推理，所以不時前去，坐在長桌旁看書。

她並不是來看書的，她是走到西側走廊去看風景的。那邊有深綠淺綠的樹叢，還有一條綠意盎然的山路。

好幾次相遇之後，我才真正注意到她，她是個不老的老太太，皮膚很白，還帶著頂粉紅色的草帽，穿著裙裝，優雅地走著。

有一回，她向我打招呼：「我

看妳常常來看書啊。」

「是啊。」我真不懂禮貌，應該是新入住者先開口吧！卻是她先起了頭。我停下閱讀，跟她問好，這才發現帽沿下她的臉粉粉的，絕不像八十多歲的臉，而是看起來有光澤的臉。

「您的皮膚好好噢！」我不由得把心裡的想法說出來。

她微微笑了笑，並不謙虛地說：「年輕的時候人家都叫我白雪公主咧！」

「那麼，我該叫您白雪奶奶？」

不，她不滿意，「不要叫奶奶。」

住到這裡頭，工作人員都是叫我們「奶奶」、叫男士們「爺爺」的，她不同意，一定覺得自己不夠老囉，我趕緊改口：「白雪……阿姨？」她應該有八十多歲了，雖然皮白肉細的，而我七十歲，叫她阿姨應該可以吧！

可是她沒有反應，似乎也不喜歡這個稱呼，「那麼……白雪姊姊？」我猶猶疑疑地問。

「嗯。」她滿意地點了頭：「可以這麼叫我。」

原來也有人跟我一樣，不肯服老呢！後來，我見到她，就馬上喊她：「白雪姊姊。」她也很高興地答應。

之後，我知道她女兒家就在附近，她女兒常常會煮東西送過來給她吃。為什麼不住在一起呢？這是我的疑問。

「本來我們是住在那裡的。」她開始娓娓道來：「可是，太不方便了，年輕人和我們的生活方式完全不一樣……」然後她告訴我，「我們睡了，他們才回來，早上我們起來了，他們還在睡，弄得我們很緊張，怕吵醒他們……」的確不太適合住在一起。「所以我和先生就搬出來養老院住了。」「噢，可是我沒見過妳的先生。」「他走了。去年走的。」她細白的臉上沒有傷悲：「他跌坐到地上，我要去扶他，他一直說『沒事沒事』，那天半夜就走了，不過完全沒有痛苦，算是有福氣的。」

我覺得她不但長得好，而且有智慧。她沒有怨天尤人，她是開朗的。

後來，有些從前的同學來參觀我住的養老院，都說很好、很好，不過，要他們來住可能就不想了。「我目前還不想去住，再過十年吧！」靜說。「每個月要繳那麼多錢……」娟說。「等我生病了再說吧！」是雯的想法。

我沒有遊說他們，只是每當這樣的時候，我就會想起白雪奶奶，不，是白雪姊姊，她的優雅、她的樂觀，她靜靜地走向陽臺去看樹景的模樣，在我的心中刻下很深的印象。

# 亮晶晶

大家圍著她大呼新鮮，還沒看過這樣的染髮呢，奶奶笑了：「老了還不愛漂亮，什麼時候才有機會啊！」

不要以為人住進養老院就不在乎外表了。

有幾個好美好美的奶奶，好講究儀容的奶奶，叫我這個向來不注重外表的人自慚形穢。

一樓有間小小的美髮店，是由外面的理髮師負責的，每回經過，就可以看見裡面生意非常不錯。甲奶奶剪完了頭、洗過了髮，換乙奶奶燙頭，一個一個綠色的小捲子滿鋪在她的頭上，奶奶笑吟吟地等著，等著燙出來的新髮。還有呢！不只洗頭，還要染髮的大有人在，原本頭頂上的白色經過美髮師的妙手回春，整頭又是黑色的捲曲美髮了。

我真羨慕她們，年紀比我大了十多歲，頭髮還是那麼地濃密，燙過了、染過了，根本看不出年齡，甚至看起來比小十來歲的我年輕。我只能說自己的遺傳不好，父親三十多歲就光了頭，母親的髮細柔，我兩樣合起來，髮又細、頂又禿，試過假髮、試過戴帽，都會讓自己變成四不像，最後，只好放棄遮掩，大方地曝光於大家面前，讓大家安慰我：「『金絲毛，奶奶命』，妳一定很好命。」也沒辦法了。

除了美髮，這些奶奶還有講究呢！六樓的德奶奶，三不五時地修剪指甲，塗上鮮紅的蔻丹，真是羨煞了我們這些凡婦俗奶奶。

有時，經過理髮店，會看到熱水盆泡著爺爺或奶奶的腳，原來，年紀大了，眼力不好了，腳趾甲又硬又強，剪不動了，只好請理髮師幫忙泡腳剪趾甲了。

前不久，來了一位摩登阿嬤，她的頭髮比誰都漂亮，因為她不是把頭髮染黑，她是染成淡金黃色的，而且不是只有金黃色哦！她的金黃色髮中有一撮藍色，又有一撮紅色，挑染得好時髦哦！大家圍著她大呼新鮮，還沒看過這樣的染髮呢，奶奶笑了：「老了還不愛漂亮，什麼時候才有機會啊！」

那倒是真的，不過限於先天條件，不見得人人都可以那麼亮麗。挑染頭髮的美女奶奶，在我們還不知道她真實姓名的時候，就久聞其大名了：「亮晶晶。」她們這樣叫她，不只因為她頭髮上有亮麗的顏色，她還戴金閃閃的耳環，配美麗的項鍊，而且常常更換，總是讓大家眼睛一亮。「亮晶晶」這名自然響遍養老院內。

最近又新來一位奶奶，我不認識她，只因看到她梳理得很漂亮的頭髮而忍不住讚美了她一聲。

她笑容親切地告訴我：「我躺在床上梳的。」

這是什麼話？哪有人在床上躺著梳頭的？

「真的呀，因為中風，我左半邊不能動，只好躺在床上梳。」

我這才注意到她僵硬的半邊身子，以及拖著走的左腳。

我的表情一定很驚詫，她卻笑了笑：「我以前是幫人家做頭髮的，現在不能幫人家做了，只好做自己的頭了。」

後來，我常常在電梯裡遇到她，臉上化了妝，衣服穿得很亮麗，頭髮還不是同一種髮型，有時盤起，有時綁個辮子，她自己染的微黃的頭髮很聽話地隨她梳理，有一次我還看到她額前一撮短瀏海，我誇了她，她咯咯地笑著，完全不覺得中風是悲傷的事，她完全可以把自己打扮得美美的。

我實在是太佩服了。

# 春聯爺爺

能擁有一份才能，到晚年仍能堅持著，曾爺爺的確是幸福的老人。

爺爺姓曾，但是我們從來沒有叫過他。他耳朵背得厲害，一見到人就哈哈大笑，讓你沒辦法跟他談話，這是安穩的一招，但也是很無奈的一招。打完哈哈，光禿著頭，紅光滿面的他就進電梯了，或者回房了。剛開始我們還試著想跟他聊幾句，但是他聽不見，也不想弄清楚談話內容，只是一直點頭、一直張著嘴笑，後來我們也不勉強了，見到他彼此扮個親切的笑臉，就算是招呼了。

爺爺整天在房裡，除了吃飯，

都不出來，我好奇問了社工，他在房裡都不出來，到底在做什麼？社工說，「爺爺整天都在寫書法，」我也愛練書法，可是頂多寫幾張九宮格就夠了，怎麼可能一整天寫個沒完？社工說，「要不然就是看有關書法的書吧！」他們也不好妄下結論。

爺爺跟我同樓，所以我們會常常相遇，遇到了就哈哈一笑，這就算是我們的交談了。

爺爺紅光滿面，好像身體很不錯，看起來營養很好的樣子，就是有項缺點：駝背。

三餐的廣播他是絕對聽不到的，工作人員打電話叫他，也往往沒有回答，還好他從書桌的方向可以看到門口，所以，只要在練字，要找他就不困難。最難的是他老人家睡夢正香，電話沒用、敲門無效，只好用備份鑰匙破門而入了。

他住進來快半年的時候，年關到了，社工都是很聰明的，知道爺爺書法好，又聽說他每年都幫人寫春聯，便在茶藝館舉辦了寫春聯的活動，主角當然是曾爺爺，桌上有長條的紅色春聯，等著爺爺寫，社工還提前報告了有關春聯的消息，於是住戶們三三兩兩地去討了長春聯，或光是寫著「春」、「福」的紅斗方。

一會兒有三樓的奶奶來要，一會兒有五樓的爺爺來要。曾爺爺不慌不忙，潤了筆、沾了墨，照著人家要的對聯一筆一捺地寫了下去……。人來人去，要到了春聯的人喜孜孜地上來，又有別的人進茶藝館來了。

社工見我在門外張望，笑問：「奶奶，要不要來一幅？」

我是從來不貼春聯的，可是隔窗看到爺爺工作時滿意的表情，很想再添加一點喜悅給他，於是我進去了，要了兩條我印象中的對聯。從笑咯咯的爺爺那裡出來，遇見了笑嘻嘻的社工。社工笑我：「奶奶，現在沒有人流行這樣的句子了，您怎麼不想一些新的對聯呢？」

哈哈，我在心裡暗笑：我只會那幾句，多了就不會了。

爺爺在養老院住了三、四年吧！每年的春節他都會下去寫春聯，其餘時間都待在自己房裡。見了人總是出聲笑著，是個很可愛、看起來很快樂的長者。偶有孫輩來看他，他的臉色更加紅潤，笑容更是充滿了喜樂，只有在這個時候，他才會主動跟我們說話，他說：「是我的孫子，哈哈哈。」

沒聽說爺爺有什麼毛病，但是後來紅潤的臉消瘦了，圓胖的身子變細變長了，不知道什麼時候他住的院，也不知道什麼時候他被上天接走了。看到一疊一疊的毛邊紙、宣紙被送到門外，我們才知道爺爺真的走了。

他哈哈大笑的模樣、光禿的圓頭、紅潤的臉，一直留給我們「他很幸福」的印象，我也相信他是真的很幸福的。能擁有一份才能，到晚年仍能堅持著，曾爺爺的確是幸福的老人。

# 模範生唐爺爺

替人們點歌，自己也高歌一、兩曲，雖然耳背，聽不到自己唱得準不準、好不好，卻一直是快樂地微笑著……

我住進來時，他已經在院裡住了一段時日了。

他負責樓下卡拉ＯＫ的活動，每到週二、週五的上午，他早早地去洗大茶壺、泡茶，然後拿到視聽教室去，幫每一個人斟茶，幫大家點歌、輸入歌曲號碼，等大家唱到個段落，他自己也加入，拿起麥克風，唱他熟悉的〈蘇州河畔〉、〈月亮代表我的心〉等等。

他的歌聲滿響亮的，但是因為耳朵很背，所以有時候會走音，他唱完之後，總是笑瞇瞇地坐在一旁替別人鼓掌。有一、兩次，我進去聽他們唱歌，他就非要我也選首歌來唱，我一時也想不起來該唱什麼，他還會建議：「〈小城故事〉妳會唱吧！〈梅花〉也可以。」人家那麼熱心，我不好推拒，接過他遞來的麥克風，就唱了幾首，他大聲叫好並用力鼓掌，讓我很高興。我想，其他人也都和我一樣，都喜歡這個大好人唐爺爺吧！

唐爺爺現在已經九十歲了，除了耳背聽不見人家說什麼之外，似乎沒什麼毛病。他算是健康的老人，除了會在視聽室替大家分配時間唱歌之外，他也在週日老人主日聚會的時候，替大家發詩歌，察看冷氣有沒有打開、門窗有沒有關好等，有他在，大家都很放心。

唐爺爺一直都是大好人，甚至他有一年得了躁症的時候，也仍然是個大好人，不過，他仍然有了不小的改變。以前是默默替大家做事，得了躁症之後，竟然多話起來，臉上布滿了笑容，說著他太太和他過去的事，然後把一些「禮物」送給人家，有時是茶杯，有時是小毛巾，有時是書。他幾乎每天都把房裡的東西搜出來，當禮物送給人，我們夫妻倆也被他硬塞了一些禮物，覺得很為難。他笑嘻嘻地送禮，我們簡直不知道怎麼推拒才好，他也不許人家不受禮，弄得我們只好敷衍地收下，然後送到社工那裡。得躁症的人一般都很凶躁，會跟人吵架、大聲喝斥人家，甚至動手打人，沒見過得躁症的人竟然一直把房裡的東西搬出來送人，而且變得多話且熱情。雖然他得了病，也仍是個大好人，但是我們並不習慣接受餽贈，還好幾個月後他沒事了，聽說有服用精神科的藥物，讓他又回到從前那個只做事不說話的好人唐爺爺的樣子了。

院裡有位裘奶奶，雖然七十多歲了，仍有幾分風韻，大家都喜歡在下午做運動時多瞄她幾眼，一邊輕嘆：「哪像七十多歲的人哪。」這樣一位有風韻的奶奶，看不出年齡的奶奶，突然失智了。不過情況還不算太嚴重，只是忘了時間、忘了作息。

這時候幸好有唐爺爺的協助，起床晚了，爺爺去敲她的房門，帶她到餐廳用餐，飯後，帶她回房，我親眼見唐爺爺在前頭引導，帶裘奶奶進電梯，到她的樓層後，護送她出電梯，送她回房，在門外告別。

有時，電梯停了，裘奶奶要出去還會被爺爺攔住，他說：「還沒到啦！」到了樓層，他會輕輕推她一下，讓她出去。我看到唐爺爺很照顧奶奶，覺得稀罕，不禁問他，「是中心要你幫忙的嗎？」爺爺搖頭，笑說：「我自己要照顧她的，以前我們一起上過書法課、詩詞課，算是老朋友了。別人想要照顧，她可是不會答應的。」還好有唐爺爺，不然怎麼辦呢？

有一回，爺爺有事，不放心裘奶奶，看我也進了電梯，便拜託我：「到四樓讓她出去，她會回自己房間的。」這樣小事一樁，有何困難？我當然一口答應，她四樓，我六樓，我後出電梯，當然可以送她。

誰知道，二樓到了，電梯門開了，袁奶奶要跟人家一起出去，我趕緊攔住她說：「還沒到噢。」電梯門關了，她沒有謝我，而是白了我一眼。三樓到了，門又開了，她又要出去，我只好又攔住她，不讓她出去，說：「四樓才是妳家。」她這回轉過臉來對著我，臉上寫滿了厭惡，後來雖然平安到了四樓，我讓她出去了，但是，這件事卻讓我老老的心靈受了傷。助了人，卻不快樂，以後，我看到她都離得遠遠的，她也只肯跟著唐爺爺，對別人都不理不睬。

後來，袁奶奶病情變嚴重了，搬到別處去，不再住在我們院裡了。

唐爺爺也許失落過一陣子，不過他很快就恢復了日常的活動。在教會幫人找位子坐，發詩歌單子給每個人。每週二與週五泡茶斟茶，替人們點歌，自己也高歌一、兩曲，雖然耳背，聽不到自己唱得準不準、好不好，卻一直是快樂地微笑著；唱完歌，大家離去了，他把房間整理好，關上電源，倒掉茶水，清洗完大茶壺，才去用餐。
如果養老院中要選模範老人，我是一定要投唐爺爺一票的。

# 瘦奶奶回娘家

〈回娘家〉了！音樂響起，瘦奶奶跟著音樂舞著絲巾，「揹起了小娃娃呀，回呀嘛回娘家……」

剛開始注意到她，是在下午三點做運動的時候，大家都照著電視上的動作在甩手、在轉腰，不見得做得多好，但至少是跟著做。

人群中我看到的她，卻完全不一樣，隨著音樂節奏，她是做到了，至於動作？她可是完全不理會電視上的「領導」，自己又踢腳、又彎腰的，像在跳舞，卻是沒編排過的隨意舞動，看得我發笑，然後我才真正注意地看她。

噢！是一個瘦奶奶，不算矮的身高，手臂瘦長瘦長，腿瘦長瘦長，臉也是瘦削的。她不是單獨一個人，她有先生在一旁，只是老先生沒有任何動作，只是靜靜地坐在一旁。後來我才注意到，她先生其實是中過風的，因為他總是坐著，走起路來很艱難，需要人攙扶。

瘦奶奶很活潑，她到哪裡都帶著老先生，先把他安置在位子上，她再去做運動、和人聊天。

那一次，我經過大廳，看到瘦奶奶忙著安頓好老先生，自己行動敏捷地跑進卡拉ＯＫ室，我有些好奇地跟了進去，看看她在忙些什麼。負責放歌的李老師正在告訴瘦奶奶，「〈古月照今塵〉快唱完了，接下來就是妳的〈月滿西樓〉跟〈回娘家〉囉！」奶奶很興奮地點了頭，又往大廳跑去，看到她老公安靜地坐在那裡後，又跑回了卡拉ＯＫ室。

我也跟了過去，奶奶歌唱得好嗎？我雞婆地等著，一定唱得很好吧！

音樂響起，〈月滿西樓〉，奶奶拿起麥克風，張嘴就唱。老實說，那歌聲其實叫人不敢領教，一會兒高一會兒低，又都不走在音樂上，偶爾還有對不上的時刻……。

這算唱歌嗎？我正在心中暗想時，奶奶已經唱完了，李老師率先鼓掌，別人也零零落落地拍起手來。

瘦奶奶突然又不見了，一會兒過來時手裡抓了一條彩色絲巾。〈回娘家〉了！音樂響起，瘦奶奶跟著音樂舞著絲巾，「揹起了小娃娃呀，回呀嘛回娘家……」

「那是她最愛唱的歌，」李老師笑笑地告訴我：「每回她都一定要點這首〈回娘家〉，然後跳個舞，這是她最高興的事。」歌聲還是忽高忽低的，但是她活潑的舞動模樣倒是帶來不少的歡笑聲。

那天我才知道她有個很男性的名字，和某部電影導演的名字一樣。

此後，我便常常看到她，她總是把老先生安置好，再安心去做別的事，或唱歌、或運動。老先生好像已經失語了，聽說一邊的身子不能動，但是瘦奶奶總是歡歡喜喜地在他身邊說些什麼，歡歡喜喜地看著一動也不動的先生，然後去忙自己的事。

我後來又去「聽」了幾次〈回娘家〉，她舞得挺高興的，舞完轉圈答謝，她高興，我們也高興。

據說她已經八十好幾了，讓我不由得敬佩起來，我八十多歲的時候還能唱？還能像她這樣輕盈舞動嗎？能好好走路就不錯了。

聽人家說她和先生是表兄妹結的婚，又說：「他身體很差，要靠奶奶天天帶著他，把他打扮得乾乾淨淨的。」這我們都知道了，每天奶奶都帶著爺爺，幾乎寸步不離，除了跳〈回娘家〉外。講話的人又說了一句話，「她的先生什麼都不能做了，她一天到晚照顧他，不只這樣，還『惜命命』呢！」後來有一陣子沒見到夫妻倆，再隔一陣子，瘦奶奶出現了，聽說她的先生往生了，但是她的臉上並沒有哀傷的表情，只是不再唱歌、也不再跳舞了，只是呆坐著。

有一天，我外出回來，看到她走在對面的路上，問她：「妳去哪裡？」她說：「去找我先生，他回家了，我要去找他。」我趕緊回院，通知工作人員，讓他們用機車把瘦奶奶載回來。

事隔七、八年了，每回聽到〈回娘家〉，我就會想起他們夫妻倆。

# 阿粉阿嬤

我只要用閩南語一喊：「阿粉喏。」她就抬頭四處張望，見到我，便長長一聲「喂」，帶著笑容回應我。

我最喜歡跟阿粉阿嬤打招呼了，我只要用閩南語一喊：「阿粉喏。」她就抬頭四處張望，見到我，便長長一聲「喂」，帶著笑容回應我。

她九十六歲了，印象裡似乎有點失智，可是她的失智是屬於可愛那一型，不會亂罵人，不會莫名其妙走丟，不會顛三倒四，只有動作遲緩一些，用餐時需要圍圍兜而已。

我對她的期望並不高，我只要聽她「喂」的回答，看到她微笑的面容，就已足夠。

有一次我又含笑地叫她：「阿粉喏。」她又回答我「喂」時，卻有一點點不一樣，她注視著我，說：「妳尚好命。」

我最好命？我還不到八十歲，妳卻已經九十六歲了，我心裡想著，嘴裡就應著她：「我沒妳好命，妳比我好命。」

她把笑容收了起來，用很認真的眼神對著我，溫和地說：「妳啦，妳尚好命。」

「為什麼？」我認定她絕對回答不出來。

她看著我，慢慢地說：「妳尚好命啦，啊恁夫妻作伙到現在……不是尚好命嗎？不像我，我先生早就去了啊……」

我本來笑著臉對她的，聽她這麼認真一說，我的笑容沒了，心裡卻起了一種慚愧的感覺，老人家竟然這麼想，我太小看她的智慧了。

後來我聽她說我「尚好命」的時候，我會拍拍她瘦弱的肩，雖然不知道怎麼安慰她，但是我了解她的意思了，長壽在世，卻孤獨一人，兒女的愛和丈夫的陪伴不同，雖然她沒說那麼多，我卻感覺到了。

外子體弱，去取餐時必須推著助行椅，把餐點放在椅面上，推著到座位上進食，他常常為自己的身體嘆息，我也認為他是「病人」，卻沒想到，在阿粉看來，相伴就是福，在她的眼裡，這是尚好命的代誌。謝謝阿粉，提醒了我，我是最好命的。雖然外子身子弱，時有不適，但是，他在，在我身邊，和我同進餐廳、伴同進食，在失去了另一半的人眼裡，這是何等幸福的事！

養老院裡各式各樣的人都有，當然也有不合群的、有挑剔的、有喜歡挑釁的、有精神不太健康的，但在餐廳，大家遇到了，還是會打聲招呼，說笑幾句。

那天，一個平日常興風作浪的奶奶和我多談了幾句，等我要去取餐時，我看見了阿粉，她遠遠地以眼示意，又以手相招，我只好先去她的餐桌邊。

「什麼事？」她不是喜歡麻煩別人的人，不知道為什麼把我招過去？她神祕地要我低下頭靠近她，然後她輕聲說了一句話，「那個人很喜歡跟別人吵架，她很糟糕的。」我聽了心裡好笑：「妳也知道？我真小看了妳了。」後面一句話，她更小聲了：「妳要小心，不要跟她走太近。」

這真是糊塗的人會說的話嗎？我訝異地抬頭看她，她很認真，把手放在唇邊，說：「知道就好了。」然後放心地低下頭，繼續她的午餐。

我滿心狐疑地去排隊取餐。阿粉阿嬤有失智嗎？記得她不會坐電梯，都要人陪著才肯進去，她也不會按鈕，到幾樓都等人家幫她按。有一回我問她，「怎麼不敢按電梯呢？妳住三樓，就按『3』啊。」

她笑笑，用一貫溫柔的口氣說，「啊阮沒讀過冊，蝦米攏不知啦！」那時我還信以為真，覺得她沒念過書，應該是很多事情都不懂。

後來，隱約聽說她更糊塗了，我才會認定她是只需要一句問候，其他什麼都不懂的人，但，我錯了，糊塗嗎？她又怎麼知道相伴是幸福？如果糊塗了，她又怎麼辨識哪個人不可以走太近，還苦口婆心地來勸我？

看來，我才糊塗哩！阿粉阿嬤一點兒都不糊塗，真的。

# 她的煩惱

這個聰明的謊言讓老太太相信了，她的確沒有收到銀行或養老院的繳費通知，這是真的！

自從艾米說出善意的謊言後，日子突然大大地改變了，所有的人都快樂了起來。

首先當然是艾米所看護照顧的雇主方老奶奶，以前天天埋怨的老太太，現在竟然每條皺紋都是笑意，只因為艾米好心地騙了她。

原先方老太太是最難纏的老太太，九十六歲了，還天天叨念著她的錢財，怕她的錢不夠請看護。她說：「我只剩兩百多萬了，夠請幾年啊？」

我們勸她，萬一錢用光了，兒

子會寄錢來給妳用的。但是沒有安全感的她總不相信，「他們現在沒給我錢，以後哪會管我？」兒子其實向她承諾過：「媽媽妳現在還有錢，以後用光了，我會負責妳的一切費用的。」

但她一直不肯相信，因為大兒子在美國經商失敗，經濟並不寬裕，他哪有辦法管到她這個老太太呀！第二個兒子是養子，住在新竹，過年過節會來看她，還有大紅包送她。可是她只快樂幾天又擔心了起來：「我的錢快用光了，他們兩個都不管我怎麼辦？」

怎麼樣勸解都沒有用，她還是擔心愁煩，天天叨念著兒子的不孝，讓四周的人都聽得耳朵長繭。她不但自己煩惱，還要向人訴苦，養老院主任也是她訴苦的對象。

「主任，我的兩個兒子都不管我，我怎麼辦？」見慣了老人行為的主任經驗豐富，她爽快地說：「妳的兩個兒子都不管妳？沒關係，他們不管，我來管。」

話說了沒多久，住在美國的大兒子不知道為什麼把方老太太一年的費用都先繳了，包括看護艾米的酬勞。

方老太太仍是杞人憂天，常常煩惱錢用光了怎麼辦。有一天，艾米突然福至心靈，她附耳在重聽的老太太旁邊大聲地告訴她：「妳不用煩惱了，以後都不用繳錢了！」「為什麼？」老太嘶啞的聲音很訝異。「主任說她不收妳的錢。」「她真的這麼說？」「是呀，妳也不用付錢給我，主任說她會負責請我。」

這個聰明的謊言讓老太太相信了，她的確沒有收到銀行或養老院的繳費通知，這是真的！

常和她在一起的周老師和我也被告知了這個消息。嘶啞著聲音，方老太太把事情講了兩遍，然後陷入快樂地沉思。她從此不擔憂，也不煩心錢的事情了。但是，周老師悄聲問我：「她怎麼會相信有這種事情呢？世界上哪有這樣的事？」

方老太太是深信不疑的，她很大聲地用她嘶啞的聲音說：「真了不起，主任真了不起，她真有擔當。她看我可憐，兩個兒子都不管我，她管我。」我們什麼也不敢說，只能笑著點頭。「可是，」方老太太指指自己的臉，瘦皮密皺的臉：「我臉上無光哪！」這下，我們還得安慰她：「不會、不會，主任對妳好，妳應該覺得光榮，怎麼會無光呢？」

她完全不知道，大兒子已經把一整年的費用繳掉了，免得每個月跟她談錢傷感情。她現在很快樂，在周圍的我們也鬆了一口氣。

當她大聲宣布：「我感謝她，主任，真是救了我的人，我一輩子都感謝她！」時，我和周老師會互相輕觸對方一下，低聲說：「她的大兒子才是付費的人哪。」雖然錢是她的，但要不是大兒子辦了那些手續，她哪有這些日子以來的快樂呢？

她的快樂感染了我們，周圍的我們也心情愉悅了起來。

# 白皙的額頭

白皙額頭的老奶奶，如今已不知去向，只有那張長沙發，依然有人輪流坐著聽歌、點歌、喝茶，而坐在上面的人已不知換了多少個了。

剛進養老院，一切都還在好奇階段時，有過一次不愉快的經驗。

那是在視聽教室，大家隨便坐著聽別人點歌唱歌時，我看到長沙發的一頭有空位，就坐下了。然後，我愉快地品著人家倒給我的茶水，聽著熟悉的老歌……

然後，「她」就出現了，一位很優雅的老奶奶，皮膚白皙，額頭很高，在室內也戴著茶色的眼鏡。她突然在我身邊坐下來，一邊用身子把我擠開，一邊宣告：「這是我的位子、我的位子，是我坐的。」

被人推擠開的感覺很不舒服，我相當不高興，怎麼養老院裡也有老鳥欺負新鳥的慣例嗎？只因為我初來乍到？我很不情願地被擠開，很不情願地站起來，旁邊有人邀我，「來！這裡，來這裡擠一擠。」我氣得不甩他們的好意，自己坐到兩旁的高椅子上去。裝著聽歌的樣子，其實我是在記住這個奶奶的樣貌，是很了不起的人嗎？我要記住她白皙的高額頭，記住她那副了不起的臉！

後來，我們在餐廳吃飯，我還把她指給外子看，我說：「那個人欺生！我要躲她躲得遠遠的。」外子笑了笑，沒說什麼，似乎覺得我太小心眼。

後來又遇見她幾次，才知道她眼睛不好，視力幾乎等於零，所以戴著茶色眼鏡。再後來更注意看她，發現她的腳不方便，所以都要仰賴拐杖，當她拄著拐杖「篤篤篤」地前來時，總有人好心起來伸手攙扶她，把她帶到位子上去。只有我，總是冷眼看著她「篤篤篤」前來，沒有起身迎接，我當她是有意欺負了我，所以我只遠遠看著，看那白皙的額頭，看那昂貴的茶色眼鏡。

住久了，才知道事實根本不是那麼回事。原來有很多老人家都會頑固地認位子。在教會聚會時，一位瘦奶奶堅持，「那是我的位子，我每次都坐那裡的。」那又怎麼了？位子是妳家的嗎？是妳帶來的椅子嗎？但是，久了，我們都知道那些都是腦子已經有點混亂的老人家，他們不是無理取鬧，也不是欺負新入住的居民，這只是他們認定自己方向的辦法。

有一位奶奶，走到認為是自己的位子上發飆：「這是我的位子，我每回都坐在這裡的。」後來還說，「不然我不坐了，我回去，我不要坐別人的位子。」鬧了半天，她突然發現周遭的人都不認識，是她時間弄錯、走錯場合了。這才消了氣，拄著拐杖蹣蹣走開。

現在的我，已經住了好多年了，我還沒到認位子的年紀吧！因為我哪裡都可以坐，有人新加入，我隨時可以讓位，不會彆扭地非第三排第一個位子不坐，不會強調沙發的左邊第一位是「我的」位子。

當我了解這也是病況的一種時，我才知道當年錯怪了白皙皮膚高額頭奶奶，她絕不是有意要欺生的，但是由於她身世很好，我又是後入住者，不免有了這樣的誤會。好在，我只在心裡氣她，並沒有明白告訴她，也沒有直接和她爭吵。

多年之後，翻閱日記，重看往事，我才知道，我錯怪了她，幾乎失明的她，是靠著方向來認位子的，雖然她擠了我，那也是九十高齡的她不自覺的舉動……。白皙額頭的老奶奶，如今已不知去向，只有那張長沙發，依然有人輪流坐著聽歌、點歌、喝茶，而坐在上面的人已不知換了多少個了。

# 爺爺，加油！

他那小小的像鳥一樣的臉，抬起頭來看著我說：「我要寫很多字，以前我在臺糖，要寫很多字……」

每回看到個子比我矮一半，駝著背、拄著杖，半步半步碎碎走的金刀爺爺，我都會特別跟他打一聲招呼：「嗨，金刀爺爺，臺糖的。」

當初我並不認識他，是剛好在櫃臺前聽到他的告狀，才開始注意起他來。

那天，他告的是常狀，就是經常告的狀。他說，他的陽臺上站了有二、三十個人要來打他。那是不可能的事，我們的陽臺可沒那麼大啊。我好奇工作人員要怎麼處理這件事，便站住了腳。

櫃臺後面有一陣商議，然後替代役站了起來：「爺爺，你坐一下，讓我去處理。」

過了一會兒，替代役回來了。

「我把他們都趕走了。」他說。

爺爺瑟縮著身子：「都走了？」

「都走了，你回去看，都被我趕走了。」穿著軍裝的替代役英勇地說。

爺爺這才放了心，踽踽地離開了

櫃臺後面的工作人員笑著跟我解釋：「一聽就知道不可能嘛。但是他硬說有，我們也只好派小薛去走一趟了。」

後來，聽說他又去告過狀，有時是三十個壞人要打他，有時是房裡進了水，淹到他床腳了。當然，替代役都替他「解決」了問題。

真正交談是在一次電梯裡的相遇，不，不是交談，只是我問了話，因為兩個人在電梯裡不說話有些怪。

我問他的名字，他說：「金刀。」

那天他穿著一件像中山裝的衣服，胸前的口袋插了三、四隻原子筆。我沒話找話聊：「你帶那麼多筆幹嘛？」

「寫字。」他一臉認真地回答。

「你有很多字要寫嗎？」我不解：「筆帶一支就夠了。」

他那小小的像鳥一樣的臉，抬起頭來看著我說：「我要寫很多字，以前我在臺糖，要寫很多字……」

我沒再問他負責的是哪一個部門，看他嚴肅的語氣，可以感受到他對工作的認真態度，這讓我不禁起了敬意。

以後，不論在走廊上、在大廊裡，或在電梯相遇，我都會先向他打招呼，有時候還說：「你以前在臺糖工作，對不對？」

他會露出笑意，很高興的樣子，有時候還會問我：「你怎麼知道我是臺糖的？」

是你告訴我的呀！但是我沒揭穿，我只說：「我也有朋友在臺糖啊。」

看著他高興的表情，我也高興了起來。

後來他得推著助行車才能走了，腳步更小更碎，窸窸窸窸；後來有段時間有個女士陪著他，偶爾也推著他坐輪椅。

「金刀爺爺。」看到他一個人的時候，我才問他：「那個人是誰？常常來陪你的那位。」

他的答案有點出乎我意外：「我太太啊，她來幫我洗澡、洗衣服。」

我不敢多問，為什麼他會一個人住在這裡，只能偶爾問他：「今天你太太會來嗎？」

「來過了。」有時他這麼說：「又回去了。」

有時他回答：「不知道她等一下會不會來。」

他的表情很坦然，我也坦然了。每一家都有自己的難處吧！只要有人偶爾來照顧，盡了心，老人能坦然地面對就好了。

只是，在一百多位老人中，不是我的好朋友，但我仍會直呼其名的，只有金刀爺爺。這事讓我自己也大惑不解，不過看到他似乎比較少去櫃臺告狀之後，我很高興，見到他時，好想大聲地對他說：「金刀爺爺，加油！」

# 青春之美是禮物，老去之美是智慧

◎康哲偉
（《當爸媽過了65歲：你一定要知道的醫療、長照、財務、法律知識》作者）

我在《當爸媽過了65歲》一書的第三章特別強調「讓父母住到安養機構也是一種孝順」。

過去，安養中心良莠不齊，總讓人有「入住」就是「等死」的恐懼，但隨著社會進步，力求專業的機構愈來愈多，除了設備先進，還配有護理、社工、照護人員，甚至各種宗教、心理治療等人才，休閒活動與學習課程滿檔，連健康的老人都可以入住。因此，孝與不孝，不該再以「住家裡」或「住機構」二分法論定，而是該問彼此，哪一種方式最適合。

以獨居長者為例，考量子女多在國外或外縣市，若有突發狀況或意外，遠水難救近火，安養機構裡有專業護士，以及二十四小時輪班的看護在照顧，相對較為周全。要是擔心長輩久待機構難免孤單，或怕照顧不周，除了可定期探視，亦可固定時間接回家，安排孝親行程，讓子孫同樂表達孝順之意。

在尋找安養機構，每個家庭幾乎都會歷經貨比三家的過程，挑選時不妨先去衛生福利部與各縣市政府社會局的網站查詢合法立案的安養機構及最新評鑑，評鑑為優等或甲等的機構較有保障。到現場時，看看硬體方面，如房間設備、扶手、電梯、動線、座椅設計、呼救系統、隱私安排等是否符合老人需求，軟體方面，如社工服務、醫護服務、膳食服務、復健及緊急送醫服務等是否安排完善。

另外，由於長者身體健康，可以自由進出活動，應將周邊交通與購物、就醫的便利性考慮進去，如此才能維持對個人生活的掌控感，不會有被遺棄的感覺。若機構具備豐富的活動與學習課程，除了可幫助長者快速融入、結交朋友，還能接觸新知，增加成就感，帶來更多生活的樂趣。因此，與其要長輩「遵守」子女的決定，不如親自帶他看看未來居住環境及生活模式，許多人看完之後，態度便會完全改觀。

我個人十分喜歡作者對養老院「同窗」們零距離的觀察與相處之道。因為透過她平實幽默的筆觸，從這最後一所「學校」的「高年級生」的身上，讓人了悟到此一階段的功課，著著實實是一堂人生總複習：如何在病痛、遲緩不便、孤獨、失落、凋零等艱澀考題中，以心懷感激、學會欣賞、真正放下，展現數十年的修為與智慧。

跟著作者的腳步，我們看見曾是外交官夫人的蘭奶奶，寧可棲身回憶的陰暗，也不願接受現在的自己；只忠於自己感覺的蕭奶奶，對別人的好意，直來直往不懂得婉轉，以致拒人於千里。同樣的場景，雖然美美阿嬤已九十三歲，唐爺爺也九十歲了，他們依舊幫人按電梯、斟茶、點歌，笑臉盈盈地助人；心態年輕健康的戴奶奶，則無視助行器的束縛，在養老院的課程與活動中，活力充沛、滿是感激；而白雪姊姊、德奶奶、亮晶晶等長輩，不為老去放棄美感與優雅，讓年歲持續保有韻味與風華。其中，最讓我醍醐灌頂的，莫過於對春聯爺爺的描述：「能擁有一份才能，到晚年仍能堅持著，曾爺爺的確是幸福的老人。」想想看，當有一天自己耳背，與外界溝通困難，能常相左右的，正是這份不離不棄的興趣。

「以終為始」是我讀完這些故事後的感想。在人生這條單行道，沒有人真正老過，面對這一片片入冬的風景，大家都是摸著石頭過河，冷暖自知。十分感謝這些走在前頭的長輩，以他們的肉身與智慧不斷提醒，無論在身心、興趣或修為，猶處春、夏、秋之際的我們，不妨放眼人生最後一個季節，提早知老、惜老，而後護老，方能擁有樂天知命、銀閃閃的智慧。

| 廣　告　回　函 |
| --- |
| 台北郵局登記證 |
| 台北廣字第2780號 |

地址：　　縣/市　　鄉/鎮/市/區　　路/街

段　　巷　　弄　　號　　樓

SANYAU

# 三友圖書有限公司 收

SANYAU PUBLISHING CO., LTD.

106　台北市安和路2段213號4樓

SANYAU
三友圖書
讀書俱樂部

「填妥本回函，寄回本社」，即可免費獲得好好刊。

四塊玉文創╳橘子文化╳食為天文創╳旗林文化
http://www.ju-zi.com.tw
https://www.facebook.com/comehomelife

【黏貼處】對折後寄回，謝謝。

親愛的讀者：

感謝您購買《老後的心聲　其實長輩們是這麼想：一群人的老後 2》一書，為感謝您對本書的支持與愛護，只要填妥本回函，並寄回本社，即可成為三友圖書會員，將定期提供新書資訊及各種優惠給您。

姓名＿＿＿＿＿＿＿＿ 出生年月日＿＿＿＿＿＿＿＿
電話＿＿＿＿＿＿＿＿ E-mail＿＿＿＿＿＿＿＿
通訊地址＿＿＿＿＿＿＿＿
臉書帳號＿＿＿＿＿＿＿＿
部落格名稱＿＿＿＿＿＿＿＿

**1** 年齡
□ 18 歲以下　□ 19 歲～ 25 歲　□ 26 歲～ 35 歲　□ 36 歲～ 45 歲　□ 46 歲～ 55 歲
□ 56 歲～ 65 歲　□ 66 歲～ 75 歲　□ 76 歲～ 85 歲　□ 86 歲以上

**2** 職業
□軍公教 □工 □商 □自由業 □服務業 □農林漁牧業 □家管 □學生
□其他＿＿＿＿＿＿＿＿

**3** 您從何處購得本書？
□博客來　□金石堂網書　□讀冊　□誠品網書　□其他＿＿＿＿＿＿＿＿
□實體書店＿＿＿＿＿＿＿＿

**4** 您從何處得知本書？
□博客來　□金石堂網書　□讀冊　□誠品網書　□其他＿＿＿＿＿＿＿＿
□實體書店＿＿＿＿＿＿＿＿　□ FB（三友圖書－微胖男女編輯社）＿＿＿＿＿＿＿＿
□好好刊（雙月刊）　□朋友推薦　□廣播媒體

**5** 您購買本書的因素有哪些？（可複選）
□作者 □內容 □圖片 □版面編排 □其他＿＿＿＿＿＿＿＿

**6** 您覺得本書的封面設計如何？
□非常滿意 □滿意 □普通 □很差 □其他＿＿＿＿＿＿＿＿

**7** 非常感謝您購買此書，您還對哪些主題有興趣？（可複選）
□中西食譜　□點心烘焙　□飲品類　□旅遊　□養生保健　□瘦身美妝 □手作　□寵物
□商業理財　□心靈療癒　□小說 □其他＿＿＿＿＿＿＿＿

**8** 您每個月的購書預算為多少金額？
□ 1,000 元以下　□ 1,001 ～ 2,000 元 □ 2,001 ～ 3,000 元 □ 3,001 ～ 4,000 元
□ 4,001 ～ 5,000 元 □ 5,001 元以上

**9** 若出版的書籍搭配贈品活動，您比較喜歡哪一類型的贈品？（可選 2 種）
□食品調味類　□鍋具類 □家電用品類　□書籍類 □生活用品類　□ DIY 手作類
□交通票券類　□展演活動票券類＿＿＿＿＿＿＿＿

**10** 您認為本書尚需改進之處？以及對我們的意見？
＿＿＿＿＿＿＿＿

**感謝您的填寫，**
**您寶貴的建議是我們進步的動力！**

【黏貼處】對折後寄回，謝謝。

大齡人生04

# 老後的心聲　其實長輩們是這麼想

## 一群人的老後2

作　　者　黃育清
策　　畫　好室書品
特約編輯　陳靜惠、傅安沛
封面設計　白日設計
內頁排版　洪志杰

發 行 人　程顯灝
總 編 輯　呂增娣
主　　編　翁瑞祐、徐詩淵
資深編輯　鄭婷尹
編　　輯　吳嘉芬、林憶欣
美術主編　劉錦堂
美術編輯　曹文甄
行銷總監　呂增慧
資深行銷　謝儀方
行銷企劃　李　昀
發 行 部　侯莉莉
財 務 部　許麗娟、陳美齡
印　　務　許丁財
出 版 者　四塊玉文創有限公司

總 代 理　三友圖書有限公司
地　　址　一〇六台北市安和路二段二一三號四樓
電　　話　(02) 2377-4155
傳　　真　(02) 2377-4355
電子郵件　service@sanyau.com.tw
郵政劃撥　05844889 三友圖書有限公司

總 經 銷　大和書報圖書股份有限公司
地　　址　新北市新莊區五工五路二號
電　　話　(02) 8990-2588
傳　　真　(02) 2299-7900

製版印刷　皇城廣告印刷事業股份有限公司
初　　版　二〇一八年三月
定　　價　新台幣三〇〇元
ＩＳＢＮ　978-957-8587-16-8（平裝）



國家圖書館出版品預行編目 (CIP) 資料

老後的心聲　其實長輩們是這麼想：一群人的老後 2 / 黃育清著 . -- 初版 . -- 台北市 : 四塊玉文創 , 2018.03
面；　公分 . -- ( 大齡人生 ; 4)
ISBN 978-957-8587-16-8( 平裝 )

855　　107002578